貴方がわたしを好きになる自信はありませんが、わたしが貴方を好きになる自信はあります

Guns&Bullets, Bloods&Bones,
Cigarettes&Alcohols, Desperados&Dies,
with Love.

鈴木大輔

イラスト タイキ

神谷誠一郎(28)
吸血鬼ハンター
綾瀬真(14)
吸血鬼

Contents

第一話 014

第二話 038

第三話 078

第四話 114

第五話 154

第六話 188

ダッシュエックス文庫

貴方がわたしを好きになる自信はありませんが、わたしが貴方を好きになる自信はあります

鈴木大輔

ようこそ、この本を手に取ったあなた。この物語はわたしが好きな男性とひたすらいちゃいちゃするだけの話です。そういう話が嫌いな人はそっとページを閉じてください。残念ながらお呼びじゃありませんので。

……いいですか？

……いいですね？

では本題に戻ります。

この物語の主な語り手はわたしじゃなくて、わたしの好きな人です。彼はとてもシャイなので、わたしの解釈とはまるで違った物語をつづるかもしれません。ですが心してください。この物語はあくまでもわたしと彼がいちゃいちゃするだけの話。途中でどんな回り道をしようと、どんな危機的展開になろうと、必ず最後にはハッピーエンドにたどり着きます。それをここでお約束しましょう。

ではどうぞ選ばれたあなた。安心してページをめくってください。めくるめく愛の物語がこの先に待っています。

Bullets, Bloods & Bones, dos & Dies, ve.

鈴木大輔
イラスト タイキ

Daisuke Suzuki Presents
Illustration Taiki
Design yumi dan(imagejack)
Shueisha

貴方がわたしを好きになる自信はありませんが、

わたしが貴方を好きになる自信はあります

Guns
&
Cigarettes
&
Alcohols
Despera
with Lo

もし仮に、世の中の人間をふたつの種類に分けるとしたら。
あなたなら何と何に分けますか?

「吸血鬼とそれ以外、だな」

「いいえ。運命の人に出会えるか出会えないか、です」

第一話

First episode

引き金を引いた。

命中。さらに発砲。命中。

すでに重いダメージを食らっていたそいつの身体が瞬きする間に飛び散っていく。腕がもげ、脚が吹っ飛び、内臓をぶちまけ、ついには首から上だけが路地裏に転がり、そこでようやく俺は発砲を止める。

生首の視線がこちらに向く。

瞳をしっかと見開き、だらしなく剝き出した舌を垂らし、水槽から飛び出した金魚みたいに口を開け閉めしている。肺と声帯がまだ繫がっていれば、さぞかし恨みがましい遺言を聞かされていただろう。

「そんな目で見るな」

生首を拾いあげて俺は顔をしかめる。

「今日はたまたま俺が生き延びた。明日は我が身だよ」

首から上が残っていれば公安のデータベースに照合できる。つまり、今や生首だけになったこいつを吸血鬼だと証明するには十分。事後の処理は別の業者が担当する。俺の仕事はここまでだ。

生首をバッグに仕舞い、マルボロに火を付けた。

煙を吹かして夜空を見上げる。

今宵は月がいい。

†

池袋の——否、世界のルールが書き換えられたのは、およそ三十年前のこと。

その頃から人間の歴史は変わった。

髪の色、肌の色、瞳の色。

あるいは国籍や血筋や性別。

そんなもので区別されてきた数十億の人間が、ある日突然、これまでとはまったく異なる物差しで分けられることになったんだ。

すなわち人間と。

人間とそっくりだが、その生態が決定的にちがう何かと。

〝吸血鬼〟

ある時期まで想像上でしか存在しなかった、そしてある時期から現実の脅威（きょうい）となった、人類にとって最大の災厄（さいやく）。

見た目では区別ができない。

血液検査でも判別できない。

病原菌の類（たぐい）が原因でもない。

ＤＮＡ検査でも普通人とまったく変わらない結果が出る――それでいて継続的で慢性的で致命的で、現在の医学では根治できない、ある種の症候群。それが吸血鬼。

今じゃ彼らはありふれてる。当然だ、吸血鬼は人間から自然発生的に生まれるのだから。家族が、隣人が、同僚が、恋人が、ある日突然、吸血鬼となって牙を剝く。ひとりやふたりの犠牲者（ぎせいしゃ）が出るくらいじゃニュースにもならない。彼らはこの瞬間もどこかで生まれ、災厄をまき散らし、のたれ死んでいく。

†

自己紹介が遅れた。

俺は神谷誠一郎(かみやせいいちろう)。二十八歳。職業はバーテン。池袋の横丁でバーを経営している。趣味はアンティーク時計の収集と修理。カウンター席が六つしかない店の稼(かせ)ぎは雀(すずめ)の涙だが、ぼちぼち食える程度にはやっている。

そんな俺がこれから語るのは、とある奇妙な物語だ。

２０ＸＸ年の冬に始まった、残念ながら現在進行形で、しかもどうやら世界の命運が掛かっているらしい、壮大なくせにちっぽけな物語。こいつが果たして悪夢で終わるか、語り継がれる英雄譚(たん)となるか。それは各々(おのおの)で確かめてもらうとしよう。

……否。

ここは素直に白状する。正直言えば俺にもよくわからないんだ。俺は、俺の身の上に降りかかっているこの物語を、どう扱っていいものか途方に暮れていて、だからこうして誰かに語ろうとしている。身に余るものはシェアするに限るだろう？　荷が重いんだよ俺の肩には。それでいて捨てるわけにもいかないから困りものだ。

ともあれ語るとしよう。

物語は、俺がひょんな成り行きから、とある家出少女を拾ったところから始まる。

いつもと変わらない一日となるはずだった。

†

十二時に起床。

きしむベッドから起きてあくびをひとつ。蛇口をひねり、しびれるほど冷たい水道水で顔を洗う。テレビでニュースを流す。カビの生えかけたフランスパンをかじる。店舗兼住居は三階建て、戦後間もなく建てられたあばら屋で、暖房を効かせてないと芯まで冷える。毛布にくるまりながらコーヒーを一杯。吸血鬼関連の事件が報道されている。六本木で大規模な吸血鬼災害が発生。犠牲者は数十人にのぼる模様。

十三時、作業机に座る。

取りかかるのは古い腕時計の手入れだ。ケースを開けて中身をチェック。油が切れて歯車がさび付いた難物だが、趣味の仕事だから急ぐ必要もない。気分は読経や写経に近い。あるいは眠気覚まし。黙々と作業を続けていると、窓の外で雪がチラつき始めた。

十五時、開店準備。

クリーニングから戻ったばかりのシャツとベストを身に付け、まずは店内の清掃、グラス磨き。それからアイスピックで氷の形を整え、酒瓶の在庫をチェック。途中、スポンサーであり取引相手でもある速水優也から、携帯に着信がある。いくつかの情報提供を受けて軽く打ち合わせ。

十七時、開店。

雪が降る日にしては客足がよかった。店を開けて三十分でほぼ席が埋まり、注文に応じてシェイカーを振り続けた。この日の客は気前もよかった。次から次へとグラスが空になり、オーダーがどんどん溜まっていく。吸血鬼のせいでどれほど治安が悪くなったとしても、人生に酒が必要なのは変わらない。

十九時。

この時間になって、遅まきながらあることに気づいた。出入りする客が皆、そろって同じ話題を口にしている。

「家出だと思うけど」

「いいや迷子だろう」

「ただの観光だって」

話題とは、彼らが見かけたという少女のことである。

いわく、たいそう目立つ人物であったらしい。年ごろは中学生ほど。黒くて長いストレートの髪、ベレー帽に赤いピーコートという、育ちの良さを思わせる身なり。一見して地元に詳しい人間ではない。連れの姿はなく、ひとりでこのあたりをうろついている。ちいさなバッグをたすき掛けにしただけの軽装。

「家出ならもう少し荷物があるだろう」

「今どき迷子もないでしょ。道案内ぐらい携帯でいくらでも」

「こんな時間までひとりで観光？　ちょっと不用心だな。ここらの治安は近ごろひどいもんだ。昨日だってどこぞの吸血鬼が猟犬(ハンター)に狩られたらしいぜ」

客同士でああだこうだと意見を出し合い、盛り上がっているようだ。子供ながらよほどの美人だったんだろう。出勤前のキャバ嬢も、仕事帰りのサラリーマンも、年金暮らしのご隠居(いんきょ)も、少女の話題でもちきりだ。

二十一時。

話題はまだ続いていた。新しく入ってくる客が相変わらず同じ話題を持ち込んでくるからだ。それは同時に、こんな時間になってもまだ、件(くだん)の少女がこのあたりを徘徊(はいかい)していることを意味している。

「テレビの撮影とか」

「それよりは動画サイトの生中継の方が可能性あるんじゃ」

「いいや、真相はもっと単純なんだよ。きっと彼女、雪が好きなんだ」

「それにしたってもう何時間になるんだ、って話じゃん」

「そろそろ警察沙汰だよなあ」

格好のネタなのだ。

雪の舞う池袋、安酒場が軒を連ねる人生横丁に現れた、ちょっとした非日常。吸血鬼がそこらじゅうに現れ、時代そのものが黄昏がかっている昨今、誰もが明るい話題を欲しがっている。もっとも、いかにも訳ありな子供の話題が明るいのかといえば、かなり怪しいもんだと思うが。

「ねえねえマスター」

俺にもお鉢が回ってきた。

「マスターは何だと思う？　その女の子の正体」

「さあ」

グラスを磨きながら答える。

「天使なんじゃないですか？　クリスマスも近いですしね。なんかの間違いで地上に降りてきちゃったんでしょう」

もちろん冗談だ。失笑を買うつもりで適当に選んだ答え。だが客の反応は違った。「なるほど」「ありうるかも」などと頷き合っている始末。俺はため息をついた。何時間も続く同じ話題にうんざりしていた。

深夜十二時。

うちの客は物わかりがいい。どれだけ酔っ払っていても閉店前には勘定を済ませてくれる。この日も日付が変わる前にはきっちり客が捌けた。ようやく一息ついてマルボロを一服。疲れる一日だった。グラスもシェイカーもほとんどが出払って、流し場は惨憺たるありさま。洗い物はぜんぶ明日に回し、とっておきのスコッチを開けようと心に決める。

そうそう言い忘れていた。

うちの店には看板がない。もっと言えば店名もない。さらに店のドアは——こいつは数少ない自慢なんだが、樫の木の一枚板で張られている。つまり外からは店の中が見えず、店の中からも外が見えない。

だから、一服ついでに雪の積もり具合でも確かめてみようとした時、俺は外の状況を何も知らなかった、ということになる。

がちゃり。

ドアを開ける。肌を刺す冷気が一気に入ってくる。

少女がいた。

ドアのそばにしゃがみ込んで、手に白い息を吐きかけていた。ベレー帽に赤いピーコートに小さなバッグをたすき掛け。聞いていた話とぴったり同じ。

「あ」

目が合った。

ややつり目がちな大きな瞳が見上げてくる。おそらく中学生ぐらい。顔立ちに残る幼さに比して賢そうな目。警戒しているような、どこかホッとしているような。

……最初に言っておくがこういう手合いは嫌いだ。

子供が保護者の手を離れるのが嫌いだ。未成年が深夜にうろつき回るのも嫌いだ。計画性のない行動も嫌いだ。何よりこいつを放っておけない自分に腹が立つ。

「コーヒー飲むか？」

俺はあごをしゃくった。

「ただし、一杯飲んだら回れ右して店を出て行くこと。面倒ごとに巻き込まれるのはごめんだ。居座るようなら警察に突き出すからそのつもりで」

「……いいんですか？」

彼女は目を丸くした。「店の前でのたれ死にされるよりマシだ」と俺は返す。「早く入れ。未成年を店に入れてるところがバレたら後が面倒だ。うちはこれでも健全な店で通ってるんだよ」

ミネラルウォーターを入れたケトルを火に掛ける。マルボロの火を消してコーヒー豆をミルに掛ける。小さい店で出せるものは限られているが、限られているからこそ出せるものにはそれなりのこだわりを持つ。

†

少女はカウンターのいちばん端、ドアからいちばん近い場所に座った。いい心がけだ。素性（すじょう）の知れないバーテンダーを警戒しないバカ娘だったら、豆を挽（ひ）くまでもなく追い返している。

「素敵なお店ですね」

「それはどうも」

少女の世辞（せじ）にそっけなく答えた。それきり会話は途切れる。ケトルの湯気が立てるカタカタという音、ドアの外で足を強めた雪風が吹雪（ふぶ）く音。それだけが深夜のバーに低く響いている。

「あの」

めげずに少女は口を開く。

「ありがとうございます、お店に入れていただいて。こんなお天気になってしまって困っていたんです。助かりました本当に」

「そうか。そりゃよかった」

「あの、実はわたし――」

「身の上話は聞かないよ」

　コーヒーメーカーに湯を注ぎながら俺はさえぎる。

「訳ありなのは見りゃわかる。だけどそいつは俺の仕事じゃない。コーヒーを飲んだら回れ右して店を出る。そういう話だったはずだし、それ以上のお節介はしない」

　コーヒーを淹れ終えた。

　花のように軽やかな香り。グアテマラ産の手頃な豆だが味は保証つき。

「いただきます」

　お辞儀をしてコーヒーに手を伸ばした。

　姿勢がいい。カップを両手で持つ仕草にも華がある。なるほど常連客たちが騒ぐのも頷けた。

　何の興味も湧かない――と言えばうそになるが、深入りしないのがお互いのため。世の中じゃ、特にこの池袋じゃそういうことになっている。昔はいざ知らず、この街は今じゃすっかり様変わりした。

　俺は洗い物を始めた。

　少女はカウンターに視線を落とし、黙ってコーヒーを飲んでいる。ちまちま味わいながら考え事をしているらしい。

「あの」

洗い物が一段落したところで少女が顔を上げた。

「さっきの話なんですが。身の上話を聞く気はない、とおっしゃいました」

「ああ。言ったな」

「ではわたしが勝手に話す、というのはどうでしょうか。コーヒーを頂いている間だけ独りごとを言わせてもらう、とか」

俺は顔をしかめた。賢いっていうのはつまり、距離感を心得てるってことだ。この少女は賢く、状況を把握し、最善の行動を採れるだけの器量がある。見知らぬ訳ありの娘を店に招き入れた男が、こういう流れを断ち切れないと知っている。

「わたしの名前は綾瀬真といいます」

俺の無言を肯定と受け取ったらしい。

彼女は言葉を選びながら語り出した。

「こうしてこの街に出てきたのは、事情があって家にはいられなくなったからです。家出をしたわけじゃありません。家にいられなくなったということです」

「話が見えないな」

「ええとつまり、それだけ複雑な事情があるんですが……あのすいません、話を聞いてくれるんですか？　身の上話を聞く気はない、って先ほど」

「聞くよ」

ひらひら手を振って、

「変わり身の早さが俺のウリなんだ。ハードボイルドは性に合わないんでね。事情があって家にはいられなくなったってのは、具体的にはどういう？」

「はい。ええとですね」

間を置いてコーヒーをひとくち。

こういうところが大人びているのだ。決して焦らない。場の空気を読み、呼吸を測り、与えられた状況で最善を選ぼうとする。

「わたしは母と二人暮らしをしています」

少女がふたたび語り出した。

「家族はわたしと母の二人だけです。母はとある研究所で働いている人で、家には滅多に帰ってきません。でもその代わり、とても小まめに連絡をくれます。一時間に一回ぐらい、忙しい合間をぬって。その母はいつもわたしにこう言っていました。『十二時間わたしから連絡がなかったら、家を出てすぐに逃げなさい』って」

「つまり昨日から十二時間以上、お母さんからの連絡がなかったと」

「はい」

「それで今ここにいる？」

「はい」

微妙なところだ。

決断に優れ、行動力がある娘、とみるべきか。

それとも母親の言うことを真に受けすぎる、自主自立の精神に乏しい性格なのか。

あるいはよほど状況が切羽詰まっているのか。賢いはずの彼女が大した荷物も持たず、あわてて逃げ出すほどに。

「それはそれとして」

別なことを訊く。

「なんでこの池袋の？　こんな横丁に？　言っちゃなんだが、ここはくたびれた大人が来る場所だよ。治安だってお世辞にも良くはない」

「その前にひとつ確認したいことがあります」

「どうぞ」

「あなたの名前は神谷誠一郎さん、ですか？」

俺は顔をしかめた。何の気構えもなかったと言えばうそになるが……どうやら面倒なことになりそうな。

「そうだよ。俺は神谷誠一郎。それで合ってる」

「よかった。安心しました」

「君の名前は綾瀬真」

「はい」

「もしかして君のお母さんって、綾瀬泉さん？」

「ご存じですか？」

「もちろん」

彼女——綾瀬真の名前を聞く前から想像はついていた。顔立ちがそっくりなんだ。瓜二つ、生き写し、そんな表現がぴったりくる。

間違いなく『あの人』の娘だ、この子は。

「母が言ってました」

真と名乗った少女は表情を和らげて、

「もしもの時は、池袋の人生横丁にあるバーを頼れって。そのバーには神谷誠一郎という人がいて、ぜったい力になってくれるって」

「もう長いこと連絡は取ってないけどな……泉さんの娘が相手じゃ仕方ない、俺にできることはやらせてもらうよ」

「ありがとうございます。ご迷惑をおかけします」

「でもわからないな」

「なにがですか?」

「そういう事情ならもっと別のやり方があったんじゃないか? 泉さんの名前を出せば話が早いだろう? このくそ寒い中、店の周りで何時間もうろうろしなくて済む」

「母はこうも言ってました。万が一の時以外、神谷さんにはぜったいに頼らないこと。興味本位で冷やかしに行ったり調べたりもしないこと。母も、神谷さんのことは最低限のことしか教えてくれませんでした」

「というとつまり?」

「万が一の時しか頼ってはいけない人というのは、本来なら近づくべきではない人、という意味だと思います。母は神谷さんのことを多くは語らなかったですが、それにはちゃんと意味があると思うんです」

「つまり俺を試してたってことか」

「すいません」

彼女は恐縮するが、むしろ当然のことだろう。いくら母親の推薦とはいえ、見ず知らずの男を無条件に頼るのは阿呆のすることだ。

「で、どうだった？　俺は君の目から見て合格？」

「悪い人には見えません。むしろいい人だと思います。こんな時間にわたしをお店に入れてくれて、コーヒーもご馳走してくれました。あ、コーヒーご馳走さまです。とても美味しかったです」

「そいつはどうも。でもまだ話が見えないな」

「といいますと？」

「いかにも訳ありっぽい君の、その訳ありの部分を知りたい。でないと、俺が君に何をしてやるべきかわからない」

彼女は黙った。

迷っている。この期に及んで。

はてさて一体なにが飛び出すのやら。こうみえて俺もそこそこの修羅場をくぐってきた。ちょっとやそっとのことでうろたえたりはしない。ましてあの綾瀬泉が絡んでいるのだ、何を聞かされようと驚きは――

「わたしは吸血鬼です」

単刀直入に彼女は告白した。

「この国が甲種第一類と定めている、特定災害生物です。吸血衝動があり、人間の血液を摂取しないと生きていけない、禁断症状が出れば凶暴化して何人もの人を殺してしまう、人類の敵です」

「………」

少女の表情をうかがう。真面目な顔。最初からずっと彼女はそうだった。嘘を言ってるようには見えない。大人をからかっているわけでもないだろう。

「笑えない冗談だな」

さしあたり、一般人としてごく平均的な反応を示してみる。

「こういうご時世だ、滅多なことは言うもんじゃない。事によっちゃ、今の発言が外に漏れただけで公安がすっ飛んでくる。いくら君が子供でもそういう事情は知ってるはずだ」

「もちろん知っています。でも冗談ではないんです」

だろうな。

俺は心の中でうなずいた。

同時にかつての恩人――綾瀬泉の顔を思い浮かべて苦い気分になる。訳ありなんてもんじゃない、どうやらとんでもない爆弾を押しつけられたらしい。

思考をフル回転させる。綾瀬泉は現在、国の関連機関で吸血鬼の研究をしていたはずだ。没(ぼっ)交渉になった現在でもその程度のうわさは耳に入っている。吸血鬼という存在を解析(かいせき)し対策を練(ね)る、いわば人類の防人(さきもり)であり、対吸血鬼(アンチ・ヴァンパイア)の最前線に立つ人物。そんな彼女の娘が吸血鬼？

事は慎重を要する。

とびっきりデリケートな対応が求められる。

選ぶべき道は？

「わかった」

俺は結論を出した。

「君がそう言うならそうなんだろう。綾瀬真は吸血鬼。信じるよ。話はそこからだ」

「ありがとうございます。あの、それでですね」

「何だ？」

「わたしが吸血鬼である、という証明を、わたしはあなたに対してするべきでしょうか？」

「いいや必要ない」

カウンターの下から拳銃を取り出した。グロック17。ありきたりで見栄えのしない、そのかわり信頼性に優れる、俺の平凡な相棒。

「君にまだ言ってないことがある」

照準を定める。狙いは綾瀬真の心臓。

「俺の本業はバーテンなんだが副業もやっていてね」

吸血鬼が発生するのと並行して誕生した、人類の抵抗力。仕事の内容は言葉のイメージそのまま。世間様に潜んでいる吸血鬼をあぶり出し、追い立て回し、駆除ないしは捕縛して報酬を得る。三十年前に成立した新たな職業だ。

「知ってるかい？　猟犬のことは」

「知っています」

うなずく。目を瞬かせて銃口を見つめている。上出来な反応であり、警戒すべき反応だ。表情を強ばらせるなり笑ってごまかすなりしてくれればまだしも可愛げがあった。残念ながら彼女はこういう事態を想定できすぎている。

「さっきのお話では」

落ち着いた様子で彼女は指摘する。

「わたしに力を貸してくれる、ということでした」

「こうも言ったよな？」

俺は返す。

「変わり身の早さが俺のウリなんだよ。悪いね」

†

引き金を引いた。

乾いた銃声が深夜の横丁に鳴り響く。

第二話

Second episode

——ああ何ということでしょう！

冒険が始まったばかりだというのにゲームオーバーです。セーブポイントに戻ってもう一度やりなおしてください。え？　人生にセーブポイントはないですって？　てことはもう話が終わってしまうじゃないですかー。やだなー。

それにしてもひどいですよね彼は。普通あのタイミングで撃ちますか？　本人は割と常識人のつもりでいるみたいですが、頭おかしいですよね絶対。

本来であれば最低でも抱っこを五回、頭撫でを十回、ベッドで一緒に寝るのを二十回はしてもらわないと割に合わない仕打ちですが……何しろ回想シーンなのでそれは無理ですね。ああ大丈夫です、最初にお約束もしました。最終的にこの物語はハッピーエンドに落ち着きますから、どうぞ安心して読み進めてください。

では続きをどうぞ！

デートは三十回くらい…

初めて吸血鬼を見たのは二十年前。まだ小学校三年生のころ。俺は一家四人の平凡な家庭に生まれつき、不幸でも幸福でもない人生を送っていた——いや違うな、不幸でも幸福でもない状態こそが本当の幸福なのかもしれん。少なくとも当時の俺に不自由はなかったし、他人から哀れまれることもなかった。だがある日、そんな状況が一変した。父と母が吸血鬼に殺されたんだ。殺したのは俺の妹だった。吸血鬼化はむしろ若年層に起きやすい現象だ。当時まだ六歳だった妹の行方(ゆくえ)は今も知れず、二十年間変わらず公安のブラックリストに載り続けている。

†

ルーチンワーク。
というやつを大事にする輩(やから)は一定数いて、俺はその一定数に分類される。十二時に起床してコーヒーを飲み、十三時になれば作業机に座って時計の修理、十五時になったらバーの開店準備を始める。月曜と火曜を除いた五日間は、必ずこのタイムスケジュールで日々をやりくりしてきた。自分の店を出してからこっち、欠かすことなくずっとだ。そのことに誇りを持ってるわけじゃない。何も考えずに済ませられるのが楽なだけだ。そんな生き方を『すごいね』『ストイックだね』などと褒めてくれる客がたまにいるが、とんでもない勘違い。むしろ真逆、ルーチンワークの極みは怠惰とイコール。俺なんぞは歩くのをやめ、考えるのをやめ、ついでに人間までやめようとしているだけの絞りかすでしかない。努力の結果でなく時間を止めた結果なんだ、俺みたいな連中にとってのルーチンってやつは。

ただし一点だけ。

その代わりと言っちゃなんだが俺には譲れないことがある。

ルーチンを乱されるのがとてつもなく嫌いだ、ってことだ。

†

いつもと変わらない一日の始まり、になるはずだった。

その日も俺は十二時に目を覚ました。きしむベッドから起きてあくびをひとつ、蛇口をひねって顔を洗い、テレビでニュースを流し、カビの生えかけたフランスパンをかじる――この一連がワンセットであり、この間にいわば気息を整えるのが一日の始まりだ。それ以外の始まりを俺は好まない。

「おはようございます」

あいさつがきた。

テレビに映るニュースキャスターから——ではない。

錆びたカセットコンロひとつきりのキッチンで食事の用意をしていた、綾瀬真からだ。

「朝が遅いんですね神谷さんは」

まな板で何かを刻みながら彼女は呆れる。

「もうお昼ですよ。食事の用意をさせてもらってます。オリーブとチーズのサンドイッチです。お口に合うといいんですが」

「…………」

「あ。食材はお店にあるものを使わせてもらいました。勝手とは思いましたが」

まさしく勝手だ。

と思ったが口にはしなかった。顔をしかめてあくびをもうひとつ。脇腹を掻きながら綾瀬真の後ろ姿を眺める。ルーチンとそれを乱すもの。善と悪。闇と光。そんな言葉が頭に浮かぶ。

「近所のコンビニで買い物しようかとも思ったんですが、この建物から出るなと言われてましたから。状況がはっきりしない今のうちは、なるべく慎重に動きたいですし」

「…………」

「あの。昨日のことは覚えていらっしゃいますか？」

†

もちろん覚えている。

正確には昨日じゃなくて今日。日付を回った深夜二時ごろ。俺はグロックの引き金を引いた。もちろん空砲、それも特殊な処理をほどこした空砲で。ほどよく音と光が弾けるだけで実害はない。自分の店を血肉で汚すのはさすがに気が引ける。

綾瀬真は微動だにしなかった。

瞬きだけくり返して、硝煙の上がる銃口を見つめている。

「避けろよ」

呆れながら俺はグロックをカウンターに置く。

「でなけりゃ少しぐらいびびれ。命の危険にさらされた人間にとっちゃ、そいつが普通の反応ってもんだろ？」

「すいません」

なぜか彼女は頭を下げて、

「実はわたし、ずっと同じことを考え続けています」

「どんなことを？」

「どうやってわたしの話を信用してもらうべきか、もしくはどうやってわたし自身を信用してもらうか、ということをです」

「だから避けなかった？」

「はい」

「話がつながらんのだが」

彼女は少し考えて、

「つまりこういうことです。男気を見せた方が話が早いんじゃないかと」

「悪いがやっぱり話が見えん」

「今回のようなパターンはびびったら負けです。映画などではよく見かけるストーリー展開です。神谷さんも実際、わたしを試そうとしました」

「……まあ試したことは確かなんだが」

「ですから男気です。避けたら信用してもらえないと思いました。というより舐められると思いました。どうにかしてあなたの懐に飛び込まないと先はないと思いました」

俺はもういちど呆れた。

呆れたが納得もする。無茶な考えだが間違ってはいない。

「空砲じゃなくて実弾だったらどうする。死ぬぞさすがに」

「それはないと思います。神谷さんはわたしを殺しません。たぶんですけど」

「たぶん、で命を賭けるのか君は」

「もともと分の悪い賭けです。どこかで勝負に出ないとずるずる負け続けます」

コーヒーカップを手に取り、ひとくち。

ほう、と息をついてふたたび話し出す。

「わたしには今、あなたしか頼る人がいません。これまで頼れる人といえば母でしたが、その母とも今は連絡が取れません。だからお願いします、わたしを助けてください」

やれやれ。

音に出さずため息をつき、大して冴えもしない頭を働かせる。こう見えて俺は義理堅い方で、その性質で損をし続けて、これからも損をし続けるだろう。家出少女に情けをかけた時点で勝負はあった。彼女の選択は行き当たりばったりに見えて、もっとも的確な戦術だった。

「わかった」

俺は頷いた。

「君を助けよう。力を貸すよ」

「ありがとうございます。わたしが吸血鬼だという証明はまだ必要でしょうか？」

「必要ない。大体のことはわかった。確かに君は吸血鬼だろうよ」

「なぜわかるんです？」

「視線だ」

　俺は自分の目を指で示し、

「吸血鬼の身体能力は、常人だった時に比べて跳ね上がる。動体視力なんかは特にそうだ。加えて吸血鬼化した人間は野性の感覚を取り戻す、ってのが通説になってる。君の視線は俺の指と引き金を捉えていたし、その動きを逐一（ちくいち）追っていた。俺の呼吸も測っていたし、なんなら首筋をみて脈拍さえ測っていただろう。何だかんだで吸血鬼との関わりは深いんでね、君の仕草がやつらのそれと同じだ、ってことはすぐにわかった」

「すごいですね。そんなことまでわかるんですか」

　彼女は目を丸くした。

　そういう仕草だけは年齢相応にみえる。

「それより話を進めよう。君の手札を見せてくれ」

「手札とは？」

「これ以上の駆け引きは時間の無駄だ、単刀直入（たんとうちょくにゅう）にいこう。君は頭のいい子だから勝ち目のない賭けには乗らない。何か切り札を持ってるんだろ？」

「すごい」

ふたたび彼女は目を丸くする。

「何でもお見通しなんですね。大人のひとはみんなそうなんでしょうか」

どうやら素直な反応らしいのだこれが。わざとらしくやってくれるなら、まだこちらにも対応の仕方がある。だけど素直に無邪気に、年齢相応の子供っぽく反応されると、一体どう応えていいものやら。

「君がいつから吸血鬼になったのか知らないが」

長い話になりそうだ。

俺はスコッチをグラスに注ぐ。１９６７年ビンテージのボウモア。ウチみたいなしけたバーにあるまじき、個人的なストック。

「最近の話だったらそんなに落ち着いてはいられない。吸血鬼は不治の病だ。吸血衝動、変わっていく自分の身体(からだ)、社会から孤立する恐怖――急激な変化に、ほとんどのやつは正気を保てなくなる。正気を保って現代社会に紛(まぎ)れ込めるのは、異形(いぎょう)であることを吹っ切った一握りだけ。それも一朝一夕(いっちょういっせき)には無理な話だ。君は吸血鬼になってけっこう長いんだろ？　その間どうやって吸血衝動を抑え、周りにバレないようにしていた？」

「さすがです。素晴らしい推理です」

しきりに頷き感心している。バカにしてるのか？　と勘ぐりたくなるが、やはり大真面目らしい。

「神谷さんのおっしゃる通りです。切り札、と呼ぶには大げさかもしれませんが、確かにわたしには頼りになるものがあります」

彼女は懐から何かを取り出した。

小瓶だ。中に入っているのは白い錠剤。何の変哲もない薬か何かに見えるが。

「血液製剤です。吸血鬼用の」

彼女は明かした。何の気負いもなく。

「定期的に服用していれば吸血衝動が抑えられます。これが種明かしです。種、というほどではないかもですけど」

「…………」

やれやれだ。

いったい彼女には何度おどろかされるのだろう？

何気なく語ってくれるが、こいつはとんでもない現実だ。血液製剤だって？　あらゆる国家や機関、あらゆる製薬会社が血眼になって研究し、いまだ実用化が成されていないとされる奇

跡の薬。不治の病である吸血鬼化が、おたふく風邪みたいに回復可能な疾病に早変わりすると
したら。それが本物なら文字どおり世界を変える快挙になるだろう。救いの種になるか、ある
いは新たなる争いの火種になるか、それはさておくにしても。

「そいつを開発したのが泉さん？」

「はい」

綾瀬真はうなずく。少し誇らしげに。

「だいぶ話が見えてきた」

俺はため息をついた。

「綾瀬泉の娘が吸血鬼、ってだけでも爆弾だが、こんな薬まで持ってるとなればまた事情が変
わってくる。どんなトラブルだって起きるだろうし、命がいくらあっても足りないだろうな。

実際、君と泉さんにはトラブルが起きた」

「はい」

「泉さんと連絡は取れる？」

「いいえ。むしろぜったいに連絡は取らないようにと言われました。携帯電話もここへ来る途
中で捨ててきました。必要があれば母の方から連絡を取る、とのことで」

「君がここにいることは誰にも知られてない？」

「たぶん今はまだ。母が神谷さんと連絡を取らなかったのは、そういう意味もあるんだと思います。仲良くしていたら真っ先にここが怪しまれますから」

「血液製剤はどのくらい残ってる？」

「一ヶ月ぐらいは保ちます。それと、全国のあちこちに錠剤を保管してあります。場所は言えません。わたしと母だけの秘密です」

　用意周到だ。綾瀬泉は昔からそういう人だった。

　状況を整理する。のっぴきならないが、明日にもどうこう、という話ではない。今すぐ店を引き払って姿をくらます手もあるが、かえって目立つ可能性もある。神谷誠一郎が怪しいと喧伝してるようなもんだ。情報収集が必要だし対策も練りたい。とにかく必要なのは時間だ。

「こうしよう」

　スコッチで口を湿らせる。せっかくの美酒なのに味がしない。

「君をうちの店で匿う。君は俺の許可がない限りここを一歩も出ないし、誰かに顔も見せないし、誰とも連絡を取らない。死んだように息をひそめてここで暮らしてもらう。それでＯＫ？」

「はい」

「君はこの近所でずいぶん目立ってた。いずれ居場所は知れるだろう。とはいえ多少は時間に余裕があるはずだ。その間にこの先どうするかを考える」

「はい」

「俺はできるだけいつも通りに過ごすよ。店も開けるし副業も続ける。もちろん表向きの話だ。すぐに行動は起こす。こう見えても業界じゃ顔が広いんだ。大丈夫、なんとかするから安心して」

「はい」

……と、安請け合いしたが。

さてどうしたもんかな。もちろんアテはあるんだが、こちとら万能のヒーローではない。正直、逃げ出したい気分しか湧いてこない。

途方に暮れながらもういちどスコッチを口に含む。やはり味がしない。

「あの神谷さん」

「ん？」

「神谷さんがわたしを助けてくれることは、確定したと解釈していいんでしょうか？」

「それでいいよ。吸血衝動が抑えられるなら君はまだ人間だ。俺は君を人間として扱うし、人間である限りは力を貸す。それは約束する」

「ありがとうございます。よかった……」

彼女はそっとため息をつく。大人びているがまだ子供だ。ここにたどり着くまでのストレスは並じゃなかったはず。ミスらしいミスもせずよくやった。

「今日はもう寝よう」

ねぎらいを込めて俺はすすめた。

「せまいが二階にバスルームもある。シャワーでも浴びてくるといい。俺はまだ仕事が残ってるからここにいる」

「はい。ありがとうございます」

と答えたはいいが、動かない。

スツールに腰掛けてじっとうつむいている。前髪に隠れて表情はわからない。心なしか肩が震えているような。

「どうした？　腹でも痛いのか？」

「…………」

「おい大丈夫か？　どこか具合でも――」

「すいません。ちょっと気を抜きます」

ふう、と彼女は吐息をつく。

肩を大きく震わせ、その震えが腕から全身に伝わっていく。

泣いているのか？　と思った。ここまでの過程を思えば無理もない。

だが違った。

「い――――」

彼女が顔をあげた。

満面の笑みだった。

「やっほぅぅぅぅぅぅぅぅぅぅぅぅぅ！」

叫んだ。

横丁にくまなく響き渡るような、サッカーの日本代表がワールドカップで逆転の決勝ゴールを決めたみたいな。快活で、爆発的な叫び声だった。

「いよおっし！　作戦成功です！　ここへたどり着くまでは賭けの連続でしたが、ここまで来ればもう大丈夫！　何せ『あの』神谷誠一郎が力を貸してくれるんですから！　正直わたしの人生ってハードモードだったと思いますけど、これでようやく陽の光が差してきたように思えますよ！　破天荒な母のおかげで苦労させられてきましたけど、これからはわたしの時代です！　ええ誰にも文句は言わせませんとも！　いよっし！　ガッツポーズ！　真ちゃん大勝利！　いぇい！　いぇい！」

大喜びだ。

面食らった俺は不覚にもポカンとしてしまった。女はしたたかで、それは年齢を問わない。

過去に何度も学んできた教訓を、今さらながらに叩き込まれた瞬間だった。

†

「昨日はお恥ずかしいところを」

　サンドイッチをテーブルに運びながら、綾瀬真は照れた。

「あんなに喜んだのは人生で初めてかも。なんだかすっきりしました」

「そうか。そりゃよかった」

「サンドイッチ、食べますか？」

「いや」

　俺は言葉を濁(にご)した。くだらないけど大事にしたいルーチンについて、彼女にどう説明したらいいだろう。

「俺はね」

「はい」

「目を覚ましたらまず、フランスパンをかじりたい派なんだ」

「このサンドイッチ、フランスパンを使っていますよ？」

「生のままのフランスパンがいいんだよ。古いやつならなおいい。カビが生えかけてぼそぼそしたやつが好きなんだ」

「それは身体に悪いと思います」

ごもっともなことを言われた。真面目な顔で、少しはにかんで。聞き分けのない年寄りにお説教するみたいに。

「お嬢さん」

「はい」

「ひとつ約束してもらいたいことがある」

「なんでしょう」

「俺はルーチンを大事にしてる。そいつを乱さないでほしい。君がこの場にいるだけで、十分すぎるくらい俺のルーチンは乱されてる。わかるか？」

「ひとことで言うとつまり？」

「出しゃばるな、ってこった」

「なるほどわかりました」

彼女は真面目にうなずいて、

「それはそれとしてひとくち食べてみてください。ぜったい美味しいですから。チーズとオリーブが入ってるから身体にもいいですよ。さあどうぞ」

「……俺の話聞いてた？」

「もちろんです。人を何だと思ってるんですか」

憤慨（ふんがい）された。

おかしいな。立場はこっちが上のはずなんだが。

「わたしは神谷さんにすべてをお任せしている身です。神谷さんの健康にもしものことがあったら困るんです。わかりますか？」

「まあ……わからんでもない」

「母からも言（こと）づてされてます。誠一郎くんはきっといい加減な生活をしてるだろうから、あなたがちゃんと面倒を見てあげなさい、って」

余計なお世話だ。

とはいえ分が悪い。自慢じゃないが、正論で来られるとたいてい俺に非がある。

「食べるよ」

議論の無駄を悟り、サンドイッチに手を伸ばした。

パッと見、確かにうまそうではあった。作りが丁寧（ていねい）なのだ。パンの断面がきれいにそろってるし、皿にはちゃんと紙ナプキンが敷いてあるし、ミントの葉でさりげなく彩（いろど）りが添えてある。

あり合わせの食材でなかなかやるもんだ。

　ひとくち齧った。

「どうですか？」

「悪くない」

「よかった」

　微笑み、彼女もサンドイッチを頬張った。そんな仕草は年相応に見える。

　食事が一段落したところで俺は切り出した。

「これから先の話をしよう。君にやってもらいたいことは昨日言ったとおり。この部屋でひたすら息をひそめて、存在を誰かに悟られないこと。それが第一。あとは必要に応じて情報を提供してもらう。包み隠さず全部だ」

「はい」

「そこから先は俺の仕事。どうにかして君の安全を確保する。昨日も言ったが、それなりにアテはあるから安心してくれ」

「アテというのはどんな？」

「古い知り合いに助けてもらうつもりだ。信用はできないが頼りになる」

「女性の方ですか？」

「ひとりは女でもう片方は男。なんでそんなことを聞く？」

「いいえ別に。神谷さんにすべてお任せしますので、よろしくお願いします」

ぺこりと頭を下げる。

俺は少し考えて、

「あのなお嬢さん」

「名前で呼んでください。綾瀬真です」

「じゃあ綾瀬真。こいつは年寄りのお節介だと思って聞いてもらいたいんだが、他人のことは信用するな。君は普通の立場の人間じゃない。これから先はちょっとした油断が命取りになる。石橋を叩いてそれでも渡らない、うんざりするような慎重さが必要になるんだ。わかるか？」

「はいわかります」

「わかったなら俺も疑え。ハイハイと何でも頷くな。俺のことは信用してもらわないと困るんだが、それでも距離感ってやつは必要なんだよ」

彼女は少し考えて、

「神谷さん」

「なんだ」

「わたしは神谷さんに賭けました。わたしの母も神谷さんに賭けました。わたしには、わたしの状況を解決するだけの力がありません。だからお任せするのは筋だと思いますし、お任せした以上は口を挟むべきではないと思います。もちろんわたしで力になれることがあれば何でもしますし、何でも遠慮なく言いつけてもらいたいですが。神谷さんを疑わないのはわたしの前提条件です」

「出会ってまだ二日目だぞ？」

「時間は短くても十分に確かめられました。神谷さんはわたしを信じてくれた。次はわたしがあなたを信じる番です」

「君の言う男気ってやつか、それが」

「はい。もっと単純に、筋を通していちばん効率よく物事を運ぶ方法、というだけかもしれませんが」

善し悪しだなと思う。

確かに間違ってない。むしろ彼女の主張はひどく正しい。変に湿っぽくなられたり、ヒステリックになられたりするより百倍マシだ。ただし、いかにも年齢にそぐわない気がして違和感があるというか。

いや。

それでこそあの奇天烈な才人、綾瀬泉の娘というべきなのかもしれない。そうだよな、この子は泉さんの娘なんだ。一筋縄でいかないのも当然だろう。見た目は可憐、芯の強さは筋金入り。親子そっくりじゃないか。

「まあいい。とにかくそういうわけで、さっそく知り合いが店に来る。そこでいろんな話をしよう。君にも協力してもらうからそのつもりで」

†

その日の深夜一時。

客もすっかり捌け、横丁の灯もぽつぽつ落ち始めたころ。

樫の扉を引き開け、ひょいと店に入ってきた人物がいた。

「おーっす誠一郎。元気してる?」

「注文は?」

「ピニャコラーダ。シロップ多めの甘〜いやつね」

速水優也。ひとりめの協力者だ。

「その子が例の?」

「綾瀬真です。初めまして」

「速水優也でーす。よろしくね可愛(かわい)いお嬢さん」

　今夜の会合に備えてあらかじめカウンターに立たせていた真と、簡単なあいさつを交わす。

　彼女はやや胡乱(うろん)げな表情だ。無理もない、優也はこんな冬場でもコートの下にアロハシャツを着る、チャラさを絵に描いたような男である。だが見た目に騙(だま)されてはいけない。こうみえて公安の腕利(うでき)きエージェントであり、父親は現役(げんえき)の閣僚(かくりょう)を務める政治一家。エリート街道のど真ん中を突っ走る、正真正銘(しょうしんしょうめい)のお坊ちゃんだ。

「にしても厄介(やっかい)な案件じゃんか」

　そんなエリートとの交渉は、単刀直入(たんとうちょくにゅう)すぎる表現から始まった。

「綾瀬泉。吸血鬼の娘。血液製剤。どれひとつ取っても手に余るね。僕は君のスポンサーだけどさ、何でも解決できるスーパーヒーローじゃないよ？」

「すまんな。あいにく俺もスーパーヒーローじゃないもんで困ってる。手を貸してくれ」

「君が隠し持ってるウイスキーがあるだろ。あれ寄越せ。それで取り引き成立」

「ボウモアか？　それともマッカラン？」

「ポートエレンの五十年」

「おい冗談だろ？　二度と買えないレアもんだぞ」

「でなきゃ釣り合いが取れんっつーの。それだけの案件だよ君が持ち込んだのは」

「あのボトルは俺が死ぬ時に封を開けるって決めてるんだ」

「狩人(ハンター)なんてやってたら開ける前にどうせ死ぬって。今のうちに開けておいた方が後悔(こうかい)が少ないっしょ？　味見ぐらいはさせてやるから諦めろよ」

俺は肩をすくめた。

彼の主張は正しい。吸血鬼と切った張ったの日常は死と隣合わせだ。まして今回の件は、どこまで闇が広がってるのか見当もつかないときた。

「大体の話は聞いてるけどさ」

俺がピニャコラーダを用意している間、優也がいくつかの質問をする。

「少し立ち入ったことを訊いてもいいかいお嬢さん？　僕が動き始めるのはそれから。こう見えて立場ってもんがあってさ、闇雲(やみくも)に行動は起こせないのよ。わかる？」

「わかります。どうぞなんでも訊いてください」

「綾瀬泉が所属していた組織について。君はどれくらい知っている？」

「詳しいことは何も。母は、そういうことをあまりわたしに話しませんでした」

「僕の知る限りだと」

優也は脚を組み替えて、

「彼女は現在、皇立(こうりつ)感染研究所に所属している。世界的に見ても実績のある研究機関で、彼女はそこのエースだ。引用率トップクラスの論文を何本も発表してるし、将来を嘱望されている人材と言っていいね。いずれはノーベル賞を、なんて気の早い連中が言い出すくらいだ。もちろん国も全力で研究所と綾瀬泉を支援している。金の卵を生み出すニワトリに投資を惜しむべきじゃない、ってことで、湯水のように予算もかけてるらしい。実際問題、研究所が開発したいくつかの新薬のおかげで、貿易赤字がずいぶん改善された」

ピニャコラーダが仕上がった。

飾り付けのパイナップルを齧りながら優也は続ける。

「ここまでは表向きの話。実は研究所には裏の顔があるんだけど――」

「吸血鬼の研究、ですね」

「そのとおり。それも大っぴらにはできない類のね。そこのバーテンは」

あごをしゃくって俺を示し、

「優秀な狩人だ。獲物は必ず仕留める。仕留めた獲物は公安に持ち込んで、代わりにいくばくかの賞金を得る。……ねえ誠一郎」

「なんだ」

「このあいだの賞金首。あれはいくらの値段がついた？」

「どうってことない。この店の一月の売り上げと同じくらいだ」

「殺、し、た、か、ら、ね。生かしたまま捕らえてたら報酬(ほうしゅう)は百倍に跳ね上がる。一攫千金(いっかくせんきん)、一発逆転を狙う狩人(ハンター)どもが命を張るには、それでようやくとんとん……さてお嬢さん、ここでクイズだ。生け捕りにした吸血鬼はその後どうなる？」

「いくつかのパターンがあります。一定の人権が認められて裁判に掛けられる場合。未来の医療技術に望みを託して冷凍睡眠に入る場合。厳重な管理の下、社会奉仕を目的とした生命活動が認められる場合」

「正解だ。でも実際には第四のパターンがある。それについては？」

「…………」

「人体実験用のモルモットとして、その筋の専門機関に売り飛ばされる場合」

明日は我が身の少女に答えさせるには、少々酷(こく)な質問だろう。

助け船を出した。

「吸血鬼なんてもんがこの世に生まれて三十年。根本的な対策がいまだに確立していない現在、その研究は人類にとって最優先の課題だ。早急に、あらゆる手段を選ばず、ってのが大多数の本音だが……吸血鬼が元々は普通の人間であり、いつ誰に発現してもおかしくない現象であることが問題をややこしくしてる。単なるモルモットとしては扱いたくない、だが現実にモルモットは必要になる――」

「そこで汚れ仕事の出番、ってわけ」

　優也が後を引き継いで、

「狩人(ハンター)の本来の顔は、いわば実験動物の斡旋(あっせん)業なんだよね。他人のやりたがらない仕事だからこそ旨(うま)みもあるし、命知らずの流れ者にとっちゃ格好の稼(かせ)ぎにもなる。優秀な狩人(ハンター)には公安も多少の手心を加える、ってのが今どきの不文律(ふぶんりつ)だ」

「誠一郎さんは、そういう人たちとはちがうと思います」

「同感だね。そこのバーテンダーがもう少しビジネスに真剣な男だったら、とっくに一生遊んで暮らせるだけの金を稼いでるよ」

　肩をすくめて、

「話を戻そう。綾瀬泉が所属している皇立感染研究所は、いわば汚れ仕事の元締めだ。金も利権も嫌というほど絡みついてるだろうし、どんなトラブルが起きてもおかしくない。ちなみにとある筋から研究所に問い合わせてみたところ、彼女は現在、極秘のプロジェクトに掛かりきりで、いかなるアポイントメントも受け付けてないそうなんだけど」

「それは嘘です」

「だよね。間違いなく何かしらのトラブルが起きたし、トラブルを研究所は隠そうとしている。でもってこれは僕の予想だけど、彼女はどこかに身を隠してる。たぶん研究所も消息を摑(つか)んでない」

「だからですか。お母さんがわたしに姿をくらませ、と言ったのは」

「そーゆーこと。泉さんを探している連中は当然ながら君の行方を追ってるはずだ。君を辿っていけばそのうち泉さんにたどり着く、と思ってるだろうからね。もっとも彼らはまだ君の所在を摑めてない。もし君がここに居ることがバレてたら、こうしてのんびり酒を飲んではいられないよ」

優也はピニャコラーダを飲み干して、

「ここからはビジネスの話だお嬢さん。君が持ってる薬を渡してもらいたい。実用化に成功したっていう例の血液製剤だ」

「お断りします」

真は迷わず首を振る。

「この薬はわたしにとっていわば生命線です。簡単にはお渡しできません」

「ぜんぶ寄越せと言ってるわけじゃないって。あちこちに隠してあるっていう薬の保管場所を教えろとも言わない。ほんの一粒でいいんだけど」

「お断りします」

「血液製剤が本当に実用化されてるなら、これは世界を変える大発見だ。君がひとりで持っていていいものじゃない」

「お断りします」

「君が持っている血液製剤は数に限りがあるでしょ？　成分を分析して大量生産に成功すれば、君にとってもメリットは大きいはずだけど」

「お断りします」

優也は視線をこちらに向けて、

「誠一郎。君の意見は？」

「渡すべきだろう」

即答する。

「優也は俺たちに力を貸してくれるスポンサーだ。この程度の取引は妥当な範囲だし、むしろそのくらいの報酬がなきゃ割に合わん。なにより薬の残りが気になる。今後も継続的に、安定して薬を手に入れる手段がなければ、吸血衝動を抑えるのは難しくなるだろう」

「――君の保護者もこう言ってるけど。どうかなお嬢さん？」

「それでもお断りします」

真は首を振った。

幼稚なわがままであれば話は単純だ。子供を素直にさせる手段はいくらでもある。だが彼女の態度は、確固たる信念に基づいたものにみえる。

「優也さんの仰ることは正しいです。でも渡せません」

毅然として真は言う。

「母は何年も前にこの薬を完成させていましたが、決して表には出しませんでした。それはたぶん、この薬を世の中に出すための準備が整っていなかったからだと思います。この薬にはとても価値があって、価値がありすぎて、気をつけないとすぐに争いが起こります。実際にこうしてトラブルが起きました。だからわたしはこの薬を大事に扱わないといけません」

「ちなみに例えばの話だけど。僕がその気になれば、君から無理やり血液製剤を手に入れることもできるわけで」

「それでもお断りします」

「さらに例えばの話。僕はそこのバーテンダーのスポンサーで、『仕事』に必要な情報も提供している。言ってみれば僕の気分ひとつで、彼の運命はどうとでも変わるんだが」

「お断りします」

「ふむ」

優也がうなずく。どうやら好感を抱いたようだ。

「じゃあこうしようお嬢さん。確かに血液製剤はあつかいの難しい案件だ。まずは段取りを整える。政界、財界、その他もろもろ――こうみえて顔は広いんでね、君の心配を取り除けるだけの根回しはできる。その根回しに納得できたら血液製剤を渡してくれ。納得できなければ渡す必要はない。こんな条件でどう？」

†

「大した娘だね」

煙草（たばこ）に火を付けながら優也は感心した。

店の外である。さしあたり必要な交渉を終えた今、真にはシャワーでも浴びてこいと言いつけておいた。ここからは大人の話し合いだ。

「決断がいいというか、見切りが鋭いというか……僕の譲歩（じょうほ）が最大限のものだってことを、彼女は直感で理解してるっぽい。あれだけ頑（かたく）なに拒（こば）んでいた要求をあっさり呑（の）んだね。いい呼吸だ。交渉（ネゴシエーション）ってものがよくわかってる」

「そいつはどうかな」

俺もマルボロに火を付けながら、

「あの子は綾瀬泉の娘だ。ちょっとやそっとの器（うつわ）で収まるもんか。昨日と今日でそのことはよくわかった。お前もわかるだろ？　俺ら二人、泉先生のことは嫌ってほど知ってる仲だ」

「確かに」

優也は笑った。苦み成分の多い笑いだ。俺と彼は戦友でもある。綾瀬泉という天才、あるいは天災に振り回された者同士。さんざん煮え湯を飲まされ、振り回され、世話にもなった。そろそろ十年も昔の話になるのに、いま目の前で起きてることみたいに思い出せる当時の日々。

「さて。しかし困ったな」

「根回しの話か？　まさか自信がない？」

「まさか。こちとらいずれ親父（おやじ）の地盤を継いで、政界にも打って出なきゃならん身だ。やっかいには違いないけど、その程度の根回しはこなせて当然。問題はその先だよ。今回の件は連盟（ユニオン）が絡んでる。真ちゃんの行方（ゆくえ）を追っているのはやつらだ」

「連盟だと？」

歴史上に吸血鬼が登場して以来、世界には様々な変化が起きた。その変化の最たるもののひとつが『人類救済連盟（Mankind saving union）』だろう。彼らは吸血鬼を人類の進化形、ないしは神の御手による救いの一形態と捉え、積極的に信奉、あるいは保護し、人権を獲得させるべく活動している過激派組織だ。要するにカルトの一種だが、バックには名だたる財閥（ざいばつ）や政治団体がついているという噂（うわさ）もあり、近年その勢いは無視できない。

平たく言ってやつらは商売敵だ。それも血で血を洗うタイプの。

「なるほどな」

マルボロを吹かしながら俺はため息をつく。

「面倒ごとだとは思っていたが、こいつは本当にとびっきりだ。綾瀬真、血液製剤、泉さんの行方、連盟の動向――できれば大事になる前に済ませたいな、今回の件は」

「そうしてくれ。さしあたり、いまの君は死んだように息をひそめて暮らすべきだろうね。僕が状況を整理するまで少し時間が掛かる。それまでは『仕事』もしばらく休業した方がいい。まずは真ちゃんの安全が最優先だしさ」

「やれやれ」

もう一度ため息をついた。認めたくないが正しい提案だ。

「ちなみに」

新しい煙草を取り出して優也は言う。

「君が今回手を借りようとしているのは、僕だけかい？」

「そう思うか？」

「思わないね。僕は何だかんだで国家公務員だからさ、やれることには限りがある。汚れ仕事には汚れた手が必要だ」

優也は心底嫌そうな顔で紫煙を吹かし、

「あの女とも取引するつもりかい？　悪いことは言わないからやめとけよ。そのうち身を滅ぼす？」

「虎穴に入らずんば虎児を得ず。狩人をやっていくには必要なことだ。そもそも優也、汚れ仕事とお前は言うが、俺がやっているのはまさに汚れ仕事だろうが。おまけにお前はそのおこぼれにも預かっている。俺の仕事を自分の手柄にして、これまでずいぶん出世してきただろう？」

「まあそこはそれ、持ちつ持たれつで」

へらへら笑って俺の肩を抱く優也。いい気分ではないが長い付き合いだ。この程度で腹を立てていては身がもたない。

「ところで――」

優也が耳打ちする。

「真ちゃんの前じゃ言わなかったけど大事な話がある。彼女には黙っておいてもらいたいんだけど」

「妹の件か？」

「神谷三夜の足取りはまだ掴めてないよ。二十年間も賞金首であり続けて、それでも消息がほとんど辿れないんだ。そう簡単に見つかるもんか。昔から君に頼まれてる件だし、何かあればすぐ知らせてるよ」

「じゃあ何の話だ。今さらもったいぶるなよ」

「綾瀬泉が死んだ」

「…………」

あやうくマルボロを取り落とすところだった。

「──冗談だろ？」

「確かな筋からの情報だよ。確認が取れたわけじゃないけど」

「いつの話だ？」

「ざっと数ヶ月前」

俺は肩の力を抜いた。

思わず笑いも漏れる。

「誤報だろう。それじゃ筋が通らない。綾瀬真の話じゃ、少なくとも一昨日まで泉先生は生きてたことになる」

「真ちゃんが本当のことを言ってる保証はどこにもないよ」

「本気で言ってるのか？」

「誠一郎」

優也はへらへら笑いを引っ込めて、

「少なくともここ数ヶ月、綾瀬泉が生きているという確認は取れていない。これは事実だ。研究所は何かを隠しているし、綾瀬泉の行方を連盟が追っている。これだけ胡散臭い条件がそろってる時に何も疑わないのは馬鹿のすることだろ？」

「………」

「気をつけろよ。まだ裏があるぞ今回の件」

半ば上の空で、俺はその忠告を聞いた。

死んだ？

あの綾瀬泉が？　殺しても死にそうにないあの人が？

マルボロの火が消えているのにも気づかず、俺は呆然と立ちつくす。

十二月の寒風が横丁を厳しく吹き抜け、本格的な冬の足音がすぐそこまで忍び寄っているのが嫌でも肌にしみた。

第三話

Third episode

綾瀬泉。

俺が知る限り最高の、そして唯一の天才。

天才を語るには資格がいる。凡才たる俺が語るには、泉さんはあまりに突拍子もない存在で、俺が彼女の何を知っていたのかと問われると答えに詰まってしまう。

そもそも文学部だった俺と泉さんに接点があったのは、彼女が文系理系を問わず大学のあちこちに出没しては貪欲に知識をかき集め、様々な研究に没頭していたからだ。『一芸に秀でているだけじゃ本当の仕事はできません』というのが泉さんの口癖だった。『スペシャリストになら誰でもなれるんですよ。ゼネラリストを極めた先にこそ道はひらける、わたしはそう考えています』。

天才であり、多才でもあった泉さんらしい言葉だ。

俺は彼女に師事したり、公私の分け隔てなく付き合ったり、パシリみたいにこき使われたりしながら、大学の二年目までを過ごした。その二年の間ですら、彼女は様々な研究を、背筋が寒くなるほどのスピードで進めていた。俺にはほとんど理解できない内容の研究ではあったけど、泉さんが近い将来に大きな仕事をすることは想像できた。ゼネラリストを極めた先にあるのは完璧なスペシャリスト。言い換えるならそれは神であり、まさしく綾瀬泉はそういう存在だった。俺は彼女に憧れた。

まさしく若気の至りだろう。

天才と狂気は紙一重ってことに、俺はまだ気づいていなかったんだ。

†

「着替えがありません」

綾瀬真が転がり込んで三日目の昼。

「荷物らしい荷物は持って来なかったんです。服はともかくとして、下着に関しては大問題です。昨日と一昨日は我慢しましたけどさすがに限界です。この先のこともありますし、対策を練る必要があると思います」

彼女の申し出はもっともだ。

俺の返答はこうだった。

「人生あきらめが肝心だ」

寝起きのコーヒーを淹れながら俺は言った。十二時を少し回ったところ。この季節にしてはよく晴れていて、陽の光が降り注ぐ部屋は春のように暖かい。

「洗濯をするにしてもウチには洗濯機がない。俺は近所のコインランドリーを使ってるが、君の下着をいっしょに洗うのはなるべく避けたいね。俺が見知らぬ女を部屋に連れ込んでる、なんて噂が流れるのはぞっとしない。君を探してる連中に嗅ぎつけられたら一発でアウトだ」

今日のコーヒーはドミニカ産。酸味も苦味も控えめでマイルドな口当たり、迷った時はこれが鉄板。ふくよかな香りが築六十年の部屋にゆっくり満ちていく。

「もちろん買い出しに行くのは論外だぞ？　息をひそめて死んだように過ごせ、と優也も言ってただろう？」

「百パーセント正しい意見だと思います。でも譲れないものもあります。わたしは年ごろの娘なので」

「見解の相違だな。悪いけど贅沢を言ってられる状況じゃない」

「話し合いをしましょう」

テーブルにサンドイッチを並べながら彼女は提案した。フランスパンとチーズとオリーブ。昨日出されたものと同じレシピだ。きっちり二人前が用意されているそいつを、俺は黙って囓った。今は他に優先させるべき議題がある。

「話し合いの余地はない。生き死にの掛かっている案件は妥協できない」

「着替えをせずにこの先もずっと過ごせ、ということでしょうか」

「命が惜しければそうなるな」

「命も大事ですが、女として許されるかどうかも大事です。ひとつ屋根の下で暮らしている以上は隠すこともできませんし、わたしも恥を忍んで言っています。何か解決する方法はないでしょうか」

　サンドイッチをもぐもぐやりながら彼女は主張する。出会ってまだ三日目。図太いもんだ。女って生き物はこれだから。

「あのなお嬢さん」

「真です」

「じゃあ真。洗剤と水ぐらいはウチにもある。下着は手で洗えばいい」

「その場合、誠一郎さんが見ている前で洗うことになります。わたしは別に構いませんが、目のやり場に困るんじゃないでしょうか」

「俺も別に構わんよ。そのくらいは受け入れる」

「ちなみに下着を洗濯したあとは、当然ながら部屋の中でそれを干すことになるわけで、やっぱり目のやり場に困ることになると思います」

「君は俺にどうしろって言うんだ」

「提案があります。誠一郎さんが手ずからわたしの下着を洗ってくれる、というのはどうでしよう」

「意味がわからんのだが」

「簡単なことです。誠一郎さんがわたしの下着を洗うというハードルをクリアすれば、目のやり場に困る現象も自然にクリアされます」

大真面目な顔だ。

血は争えぬ、ということなんだろうか。どうもこの娘、普通とは感覚がずれている。

「難しい問題は脇に置いておいて、別の話をしないか」

「賛成です。それで何の話を？」

コーヒーをひとくち含んで考える。

泉さんが死んだという情報はまだ伝えてない。この時点で伝える必要もない。あの人が生きてるにせよ死んでるにせよ、俺たちの方針は変わらない。真の所在を知られないように努め、優也が仕事を進めるのを待つ。気丈な娘だが、それでも母が死んだとなれば平静でいられないだろう。

「ルールが必要だな」

考えた末に俺は言った。

「俺たちはしばらく一緒に暮らすことになる。人間が二人以上あつまったら、何かしら決まりごとが必要になってくるもんだ。わかるか？」

「はい。わかります」

「ここは俺の家で、君は居候だ。君が俺に譲るのが筋だろう」

「はい。ですからわたし、誠一郎さんをサポートするために精一杯がんばります。お料理とか、お片付けとか」

「そういう話じゃない。それとそこはがんばらなくていい」

「なぜです？」

「言っただろう。俺はルーチンを乱されるのが嫌いで、君がここにいる時点でそいつが十分に乱されてるんだって。俺が君に求めるのは、息をひそめてひたすらじっとしていることだ。あとは何もしなくてていい」

真は少し考えて、

「誠一郎さん。それは少しちがうと思います」

「どのへんが？」

「危機的状況であるからこそ、明るく前向きに生きるべきだと思います。黙ってじっと息をひそめるだけ、なんてもってのほかです。ぜったい長続きしません。ストレスが溜まってもっと悪いことになります。短期戦じゃなくて持久戦を見越している時こそ、普通の生活を捨てない方がいいんです」

俺はサンドイッチを頬張った。困ったことに彼女の主張には一理ある。たとえば太平洋戦争の最中だって、国民はずっと張り詰めてるわけじゃなかった。笑顔があり、時にはささやかなご馳走を食卓に並べていた。非常の時こそ常を忘れない。長丁場にはそれなりのコツが要る。

「料理とか洗濯とか掃除とか。そういうのが君の日常を保つために必要だと？」

「必要です。わたしそういうの、ぜんぶ自分でやってましたから」

「……わかったよ。好きにやっていい。俺が我慢すれば済むことだ。君のことが今は最優先だしな」

「任せてください！　これでも家事には自信があるんです。なので後でいろいろ聞かせてくださいね？　誠一郎さんの好みをいろいろ。お料理とか、お掃除のやり方とか」

楽しそうに笑う真だった。

まあいい。辛気臭い顔をされるよりずっとマシだ。とても納得はできないが。

†

「うちの母とは」

部屋の片付けを始めながら真が訊いてきた。

「どんな関係だったんですか？　誠一郎さんは」

時計の修理に取りかかりながら俺は言った。

「答えなきゃいけない質問か？　それって」

「もちろんです」

はたきを持つ手をぎゅっと握って、真は力説する。

「お互いのことをよく知らないで一緒に暮らすのって、よくないことです。ストレスがたまります。わたしは誠一郎さんのことをもっと知りたいですし、わたしのことをもっと知ってもらいたいです」

「…………」

ため息をついた。

マルボロに火を付けかけてやめる。まったく不自由になったもんだ。煙草（たばこ）を吸う自由ぐらいなものだったんだけどな、俺の人生で潤いと呼べるものは。

「俺が大学に入った時、泉さんは三十路（みそじ）の一歩手前だった」

古いクロノグラフの修理に取りかかる。かつて欧州（おうしゅう）の某（ぼう）国軍に採用され、実戦に使われていた時計だ。

「並の人間だったらいいかげん老け込む年ごろだけど、あの人の見た目はむちゃくちゃ若かったから。普通に学生で通用してたな。実際にはもう、泉さんは一線級の研究者で、俺とはだいぶ立場に違いがあった。あっちは教える方で、俺は教えられる方だ」

「お母さんは誠一郎さんの先生だったんですか？」

「…………」

さてどうしたものか。

本来なら話すことでもないが、隠すのも面倒だ。泉さんが死んだ今となっては尚更のこと。母親の思い出話を、娘は聞く権利がある。

「先生だった時もあるし、先輩だった時もある。恋人だった時もあるな」

「ほう」

はたきを掛ける手が止まった。

「ほう、ほう」

にじり寄ってきた。

「ほう、ほう、ほう」

さらににじり寄ってきた。

「……顔が近いよお嬢さん」

「真ちゃんです」

「じゃあ真ちゃん。手が止まってる。掃除の途中だろう？」

「くわしく聞かせてください」

　はたきを掛ける手を再開しながら真。

「とても興味がある話です。あの人の娘としては複雑な気分ですが、根掘り葉掘り訊かずにはいられません。余さずあらゆることを教えてください。いつから付き合ってたんですか？　いつまで付き合ってたんですか？　どんな付き合いをしてたんですか？」

　食いつきすぎだ。

　どちらかというとクールな印象の娘だが、目はらんらんと輝き、心なしか鼻息も荒い。こういう姿だけは年相応に見える。恋に恋する中学生。

「一度には答えられないよ。質問の幅が広すぎる」

「そんな。話してくれないんですか？」

「話すよそのうち。必要な時が来たら」

「それじゃあ生殺しです。いま話してください。いま必要な話なんですから」

「だったらせめて質問を絞ってくれ。もう少しピンポイントに」

「誠一郎さんはうちの母と、大人のお付き合いをしていたんでしょうか」

「そりゃしてたよ。大人同士なんだから」

「ひぇぇ」

のけぞった。

オーバーアクションだ。どこへいったんだクールな印象は。

「そうか……そうでしたか……いえ、もしかしたらとは思ってたんです。何しろうちの母は、誠一郎さんにわたしを任せたんですから。こんな状況で、ちゃんとした約束があったわけでもないのにですよ？　ちょっとやそっとの信頼じゃできないと思ってたんです。でもそうですか、それにしても……ひぇぇ」

再びのけぞった。

両の手でほっぺたを押さえている。顔が赤い。

「……楽しいか？　こんな話」

「楽しいです！」

真は力説する。

「ともすれば暗くなりがちな今のわたしですが、いまの話を聞いてそんな気分は吹き飛びました。というか暗くなっている場合じゃないという気になってきました」

「そうか？　俺にはわからんよ、君ぐらいの年ごろの娘が考えることは」

「つまりお互いのコミュニケーションが十分に取れてないということですね。もっとたくさんの話をしてください。そして誠一郎さんがどんな女の人に興味があるのか、根掘り葉掘り教えてもらえるとうれしいです」

「そこまでする義理はねえよ」

　雑に俺は返した。

　だんだんこの娘の扱い方がわかってきた気がする。さしあたり、修理の作業をしながらあしらってもいい相手なのはよくわかった。

「じゃあ別のことを訊きます。どうして母と別れちゃったんですか？」

「……それ、言わなきゃいけないことか？」

「もちろんです。むしろいちばん興味があるところです。ケンカしたんですか？　価値観のすれちがい？　それとも他に好きな人ができたとか？」

「全部だよある意味」

　ガンギ車の注油具合がいまいちだ、なんてことを考えながら俺は答える。

「ちょっとしたケンカは会うたびにしてた。価値観は端(はな)っからすれ違ってた。泉さんにとっての恋人は、俺じゃなくて研究だった。別れたのは自然な流れだよ。むしろ付き合ってたのが不思議なくらいだ」

もとより浮き世離れした人だった。

誰もが振り返る美人で、歩く時はきびきびしてて、そのくせ笑う時はいつもふんにゃりしてる。いつだって地に足が着いてない、いつだってここではないどこか遠い先を見据えている――魅力的でまぶしい存在だった。ほんの短い間でも付き合えていたのが奇跡だ。誰かが地上につなぎ止めておける人じゃなかったと、今ではそう思う。

「そもそも複雑な関係だったんだよ。ひとことじゃ説明できん。むしろ誰か俺に説明してくれって感じだ。タヌキにでも化かされていた気がするね。あの当時の出来事が現実に起きていたのかどうか、何だかぼんやりしちまってるんだな」

「なるほど。大人は難しいですね」

「これで満足か？　十分に話しただろ？」

「まだ序の口です。訊きたいことは果てしなくあります」

「キリがない。それに俺ばかりしゃべらされてる」

「じゃあ交代しましょう。今度は誠一郎さんがわたしに訊いてください。どんな質問にもお答えします」

「間に合ってるよ。見ての通り俺はいそがしいの」

「たとえばわたしの父親の話とか」

作業の手が止まった。

それを彼女は見逃さなかった。にんまり笑うのが視界の端に映る。

「誠一郎さんって」

「なんだよ」

「本当にハードボイルドに向かないんですね。今のシーン、本物の人だったらクールに受け流して隙を見せないところですよ」

「余計なお世話だ」

「わたしに父親はいません」

苦情を無視して真は言った。掃除の手はとっくに止まっている。

「安心していいですよ誠一郎さん。母にとって異性と呼べる男の人は、あなただけだったはずです。そのことは保証します」

「少なくとも俺が学生だった頃には」

時計の修理に集中するよう努めながら、俺は言う。

「君はこの世に生まれてたはずだけど、君のことを泉さんが話題に出したことはなかった。俺だけじゃない、泉さんの周りにいる全員が君の存在を知らなかった」

「母は秘密主義なんですよ。のほほんとして何でもべらべらしゃべるように見えて、肝心なことは何も話さないんです」

「同感だな。おしゃべりなくせに言葉足らずな人だった。……しかし君の話だと、泉さんは結婚してたわけじゃなさそうだな」

「少なくとも普通に家族を持って普通の生活をしてた、ということはありません。娘のわたしが言うんですから間違いないです」

そう語る彼女の顔は、微笑を浮かべながらも複雑そうだった。彼女の気持ちはよくわかる。天才といっしょに過ごすとはそういうことだ。本物の天才は天災に通じる。そばにいるだけで被害は免れない。親子なら尚更だろう。

「肝心な話を訊いてなかったな」

俺は踏み込んでみた。

「真。君はいつから吸血鬼になったんだ？」

「わたしからも訊いていいですか？　質問に質問で返すのはどうかと思いますけど」

彼女も踏み込んできた。

「どうして狩人（ハンター）になったんですか？　率直（そっちょく）に言って、誠一郎さんには向いてない仕事だと思うんですが」

「率直だな」

「仲良くなりたいので」

彼女は真面目(まじめ)な顔をする。

「わたしは母の縁だけを頼りにこうして保護されている立場ですし、その立場を自覚しています。なので今のわたしにいちばん必要なのは、誠一郎さんから好かれることだと思います。好かれて、誠一郎さんから最大限の保護を受けるのがわたしの狙いです」

「本当に率直だな」

「そういうのが嫌いな人じゃない、と判断しました」

賢明だ。

適度に賢い相手を嫌いになるのは難しい。

「猟犬(ハンター)になった理由は単純だよ。難しい話じゃない」

俺は自分の昔話をかいつまんで聞かせた。

家族のこと。妹のこと。一家離散のこと。

「事の始めから因縁(いんねん)がある。もう二十年も前の話だ。今じゃ吸血鬼災害なんてありふれてるが、あの時はまだそうじゃなかった。結局その因縁を引きずったままここまで来ちまった。そんだけの話だ」

「探してるんですか？　妹さんのことを」

「一応な。何か情報があったら知らせてもらえるよう、あちこちに頼んではある。といっても血眼になってるわけじゃない。なにかの拍子に出くわせるなら御の字だ、ぐらいにしか思ってないよ」

「妹さんが見つかったらどうするつもりで？」

「そりゃ殺すよ。きちんとこの手で。それが仕事を続けてる理由ってわけじゃないが、何かの区切りにはなる気がする」

神谷三夜。

生きていれば二十六歳になる妹。六歳にして吸血鬼の因子を発現させ、両親を殺し、俺を殺し損ねて出奔し、今も行方が知れない賞金首のトップリスト。あいつがこの世に存在する可能性がわずかにでもある限り、俺が猟犬をやめることはないだろう。

「妹さんのことを恨んでいますか？」

「いいや。恨んでるとか憎んでるとかの問題じゃない気がするな。最初にも言ったが因縁なんだよこいつは。感情の問題じゃない。どうしようもなくそうなっているのが因縁ってもんだ。もしもあいつに会えたなら、殺し合いを始める前に酒を酌み交わす気がするね。もともとうちの親父がバーテンをやってたんだよ。その縁で今は俺がバーテンをやってる。もし妹とどこかで会ってカクテルでも作ってやったら、こいつはまさに因縁ってことになるな。ありうる話だ。

因縁ってのはそういう性質をもってるもんだ」

「わたしのこと嫌いじゃありませんか？　吸血鬼ですけど」

「目の前で暴走しなきゃ別に。じっと息をひそめていられる限り、吸血鬼はただの人間と変わらない。君に対してどういう感情も持ってないよ」

「それは困りますね」

「なぜ？」

「わたしは見ての通りうら若い乙女なわけです。何の感情も持ってないと言われると、ひそかにプライドが傷つきます」

「子供が生意気言うんじゃないよ」

俺はあしらった。

軽口を叩ける分には安心だ。辛気臭くされるよりはずっといい。

「じゃあ今度はわたしの番ですね。わたしがいつから吸血鬼なのか、という質問についてですが」

うーん、と言葉を選ぶような仕草をしてから。

綾瀬真はこう言った。

「わたしは生まれつきの吸血鬼なんです。信じてもらえないかもですけど」

「…………」

時計をいじる手を止め、俺は眉間をもみほぐす。

「本当か？」

「誠一郎さんに嘘は言いません」

「現在のところ、いわゆる『天然』の吸血鬼は確認されていない。吸血鬼はなんらかの因子によって後天的に発生するもんだ。確かに若年層の吸血鬼は少なくない。それでも『吸血鬼の発現は自我を獲得する年齢以降』というのが通説だ」

「はい。でもわたしはその通説に当てはまりません」

「すぐには信じられん」

「わかります。でも本当です。実を言うとわたし、学校には行ってません。お母さん以外の人と話したこともほとんどありません。お母さんとふたりだけで暮らしてきたというのは文字どおりの意味なんです。だからわたしとても緊張しています。頭でっかちの知識ばかりで、実際の経験がほとんど伴ってないので。なるべく普通の人間っぽく振る舞っているつもりですが、できているでしょうか」

「……まあできてるんじゃないか？　それなりに」

いったい何度ため息をつけば足りるのだろう。やはり綾瀬泉の娘は伊達じゃない。母親そっくりだ。掘れば掘るほどリスキーな地雷畑。

「自覚はあるんですが、はっきり言ってわたしは特殊すぎる吸血鬼です。いくらでも争いの種になります。なのでこのことは優也(ゆうや)さんにも内緒にしておいてください」

「わかった」

俺はうなずいた。さしあたりは隠しておいていい情報だろう。優也はああ見えて多くの案件を抱えている。これ以上話をややこしくするとかえって本質が見えづらくなるかもしれない。

もちろん必要があれば伝えるが。

「これでまた秘密を共有しましたね」

真がにっこり笑う。

のんきなもんだがまあいい。辛気臭い顔をされるよりはやっぱりマシなのだ。

†

その日、深夜一時。

いつも通りに店の営業を終えたころ、ドアを開けて馴染(なじ)みの顔が入ってきた。

「やっほー。久々に来たわよん」

すらりと高い長身にピンヒール。黒い毛皮のコートを粋（いき）に羽織（はお）り、タマ避け（ボディガード）を後ろに従えた美人。優也が呼ぶところの『あの女』。二人目の協力者だ。

「ご注文は？」

「ウォッカマティーニ。オリーブを三つ」

乱雑な音を立ててスツールに腰掛け、彼女は天井を仰（あお）ぐ。いささかお疲れ気味らしい。若作りとはいえ彼女も四十歳。俺より一回り年上だ。仕事柄、気苦労もさぞかし多いことだろう。

「いそがしいんですか？」

「そりゃそうよ。池袋（いけぶくろ）じゃ毎日問題ばっかり起きるんだから。おまけにあなたから厄介（やっかい）な案件も持ち込まれるし」

「すいません」

「悪いと思ってるならさー、バーなんかやめてウチ専属の用心棒（バウンサー）になってよー。あなたぐらい腕の立つ男はざらにいないんだからさー」

片桐沙織（かたぎりさおり）。

池袋を中心に手広く商売をする貿易商、人材斡旋（あっせん）業、または飲食店経営者——というのは表の顔。実際はこの街の裏側を取り仕切る大物だ。ここいらで『稼業（かぎょう）』をやっていくなら、この女フィクサーに筋を通しておく必要がある。

「で」

彼女は煙草(たばこ)に火を付けながら目配せし、

「その子が例の？」

「綾瀬真です」

あらかじめ二階から呼んでおいた真が、ぺこりと頭を下げた。「ふむ」と言って彼女は眉間にしわを寄せ、真を値踏みする。

「かわいい」

しわを寄せたまま言う。

「お肌すべすべ。髪の毛つやつや。お目々きらきら。こりゃたまらんわ。連れて帰ってねんごろになりたいわ」

「ごめんなさい。今はわたし、誠一郎さんと暮らしていますので」

「そう言わずにさー。女同士でいちゃいちゃしようよー。こんな狭苦しいあばら屋なんかより、ウチのおしゃれタワマンの方がぜったいイイってばー」

「沙織さん」

カクテルの用意をしながら俺は釘を刺す。

「その辺にしといてください。彼女はあなたと違ってノーマルな趣味ですから」

「わたしだってノーマルだっつーの。ほんのちょっぴり女の子も好きなだけで。ていうかあなたがもうちょっとわたしの相手をしてくれるなら、わたしだって変な気は起こさないんですけどー？」

「………」

聞き流してミキシンググラスに氷をセットする。

ウォッカを45㎖、ドライベルモットを15㎖。バースプーンでゆっくり攪拌し、氷と酒をなじませる。仕上がりを教えてくれるのは長年の勘。均一の速度でバースプーンを回していると手応えに変化が現れる。酒にある種の重みが加わる感触が完成の合図。バーテンダーがもっとも神経を使う仕事のひとつだ。

「お待たせしました」

ウォッカマティーニが仕上がった。

ほのかに緑がかって見える透明の液体が、カクテルグラスに水滴をしたたらせている。

「腕は鈍ってないわね」

品よくグラスを手に取って一口味わい、沙織は満足げに、

「定番だけど、マティーニを出せるバーはいいものよ。シンプルなカクテルをこれだけきっちり作れるバーテンは数えるほどしかいない。もうわたし、この店でしかマティーニを飲まなく

なったもの」

「それはどうも」

「もっと喜びなさいよー。褒(ほ)めてるんだからさー」

けたけた笑って手を振る沙織。

一見すると陽気なマダムといった態(てい)だが、彼女に仁義を通さなければ簡単に首が飛ぶ。比喩(ひゆ)ではなく物理的にだ。人間だろうと吸血鬼だろうと分け隔(へだ)てなく。

「それにしても」

沙織は真に視線を戻して、

「これで吸血鬼かあ。仕事柄いろんな吸血鬼をみてるけどね、ここまでまともな吸血鬼は初めてよ。普通の人間と変わらないわ。血液製剤(タブレット)とやらの存在、信じないわけにもいかないか。——ねえ真ちゃん」

「なんでしょう」

「あなた本当に吸血鬼？　ちょっとお姉さんにあなたの力みせてくれる？　むしろ普通の人間が吸血鬼を騙(かた)ってる、っていう疑いが急浮上だわ。よくあるのよねそういうパターンも。そこらのチンピラが吸血鬼を名乗ってイキがってるみたいなのが」

「はあ」

真が俺を見上げてくる。

好きにしろ。視線だけで返す。

「ええとそれでは」

彼女が選んだのは、ライムやレモンをカットする際に使う果物ナイフだった。そいつを無造作につかみ、二本の指で挟んで「えいっ」と力を込める。

折れた。

ぱきん、と澄んだ音を立てて、硬い鋼で作られた刃物があっさり破壊される。

「……手品の可能性もあるなー」

沙織は眉間にしわを寄せて、

「よく使われるのよねそういう手口も。軽ぅく力を入れただけですぐ折れちゃうように細工をしておいて——」

「えいっ」

今度は曲がった。

ふたつに折ったナイフが、Uの字に曲げ畳まれている。ナイフはほんのわずかな間に謎のオブジェと化した。ちなみにそのナイフ、割とお気に入りだったんだけどな。

「はいはいわかりました、っと」

　沙織はお手上げのポーズをして、

「お嬢さんが吸血鬼であるという前提で話を進めましょ。もちろん今回の件は極秘。ウチの組の内部でも事情を知ってるのは数人だけよ。それと真ちゃんの安全は保証するから安心して。池袋にいるかぎり、どこの馬の骨とも知れない連中に手は出させないわ。この横丁にも護衛をつける。とりあえずそんなところでいいかしらバーテンさん？」

「話が早くて助かります」

「その分の見返りはよろしく頼むわよ？　近ごろはこの街もキナ臭（くさ）くなってね、あなたに出張ってもらうタイミングがすぐに来ると思うから」

「借りはちゃんと返しますよ。この子の母親の行方（ゆくえ）については？」

「昨日の今日だからさすがにね、まだ足取りは摑（つか）めてないわ。人捜し（マンサーチ）はわたしの得意技だけど、簡単には見つからなさそう。あなたの妹と同じでね」

「…………」

「依頼だからもちろん探し続けはするけど。いい加減あきらめたら？　余計なお世話だと思いつつも一応の忠告」

「今回の件は」

　俺は話を本題に戻して、

「難しそうですか」

「難しいわね。今の段階でも手こずりそうなにおいがぷんぷんする。連盟がこの池袋で動きを活発にしてるって情報もあるわ。近ごろは新種の吸血鬼もあちこちで確認されてるしね、そこにいる真ちゃんみたいに。ちなみに公安のチャラ男は何て言ってるの？」

「優也のことですか？」

「他に誰がいるのよ。ていうかこれも忠告だけど、あいつと付き合うのはいい加減やめなさい。ろくなことないわよ、あんなのとつるんでても」

顔をしかめて煙草を噛む沙織。

公安キャリアの優也と、裏社会に勢力を張る沙織。当然ながら水と油の関係だが、俺に言わせればどちらも同じ穴の狢だ。手を汚したことがないとは口が裂けても言えない同士。無論、俺も例外じゃないが。

「綾瀬泉の研究は」

沙織は新しい煙草に火を付けて、

「びっくりするぐらい多岐にわたっていたみたいね。たぶん血液製剤なんて、彼女にとっては大きな研究のほんの副産物でしかない」

「泉さんは具体的に何の研究を？」と俺。

「色々よ色々。生理学、遺伝子工学、認知心理学、情報工学。他にもたくさん。心霊物理学なんていうものにも手を出してたみたいね。知ってる？　オカルトあつかいされて見向きもしない連中が多いけど、今じゃ最先端になりつつある学問よ。それらの傾向から推測するに、綾瀬泉は心とか魂とか、そういうものに関心があったらしいわ」

「心と魂。吸血鬼の研究とはあまり関係なさそうですが」

「そいつは不見識ね」

俺の疑問を一蹴して、

「天才の考えることはわからない。でも吸血鬼っていう研究対象が一筋縄ではいかない、総合的で包括的な研究対象であることは想像がつく。だってよくわかんないんだもの。あいつらが生まれて三十年たってもまだ、あいつらが何なのかを誰も解明できない。吸血鬼による被害が交通事故と同じくらい当たり前のことになって、ついつい忘れがちになるけど、謎の塊なのよあいつらは。病気なのか突然変異なのかそれ以外の何かなのか、そんなことすら人類は突き止められない。そういうモノを本当にわかろうとするなら、正攻法で真っ直ぐやってもダメ。狩人やってるあなたなら分かってもよさそうだけど？」

ぐうの音も出ない。

俺は負けを認めて肩をすくめた。黙って大人しく洗い物でもしておくことにする。沙織には口で勝った例しがない。

「とにかく厄介な件には違いないわね。綾瀬泉の思惑、研究所の思惑、連盟の思惑。複雑に絡み合ってどこから手を出していいかもわからない。いずれ政治的な問題にも発展しそうだし、最終的には国際的な事件になるかも」

「大事ですね」

「ホントにね。とにかくそういうことだから下手に動いちゃだめ。余計な真似されて面倒な流れになると、助けられるものも助けられない。それと真ちゃんはわたしたちに協力して。積極的にね。血液製剤については今のところ大目に見るけど、お母さんについてわかること、思い出せることはぜんぶ話して頂戴」

「わかりました。お約束します」

「そんじゃま、そういうことで」

マティーニの残りを一気に飲み干した。「んんっ……」と伸びをし、「おかわり」空いたグラスを差し出しながら、

「真ちゃん。こっからは個人的な話なんだけど」

「はい？」

「好きなの？　誠一郎のこと」

「好きです」

「うわ眩しいっ」

沙織は両手で目を押さえて、

「その素直さが眩しいわー。即答できる若さっていいわー。でも真ちゃん、この男はめんどくさいわよー？　いい男だけど」

「素敵な男性のハードルが高いのは当然のことです。面倒くさいぐらいはどうってことありません」

「またまた眩しいっ。そして悔しいけど可愛いっ」

「沙織さん。わたしからも個人的な話があります。沙織さんは、誠一郎さんと恋人としてお付き合いしていたことがあるんですか？」

「なんでそう思うの？」

「雰囲気が近すぎます。長い付き合いとか、仲がいい友達とか、そういう関係だけでは済まない何かを感じます」

「あなたいい勘してるねー。うんそうだよ、割とそういう関係だったこともあったかな。長続きはしなかったけどね」

不本意だ。

俺の目の前で、俺のプライベートが勝手にバラされている。だが強くは出れない。沙織は重要なスポンサー。この先も生き残っていくためには彼女がリークしてくれる情報が不可欠で、綾瀬真という問題を抱えている現在は尚更で、そもそも女同士がこの手のやり取りをしている間に割って入ってもろくなことがない。

「ところでお嬢さん。わたしと取引しないかね」

「どんな取引を？」

「わたしはね、正直結婚とかどうでもいいし、してるヒマも今後なさそうだし、つまり身体だけの関係で十分なのよ」

「つまり誠一郎さんをそういう用途に使いたいと？」

「ご明察。却下かしら？」

「いいえ。一考の価値がある提案だと思います。そもそも女性が男性を縛り付けようとするから浮気もされるし、最終的に関係が破綻するんです。自分をしっかり磨いて、コミュニケーションをたくさん取っていれば、そんな不幸な事態にはならないはずです。むしろ長い目で見ると少しぐらいは浮気をした方がいいとさえ思います。相手が沙織さんなら安心感もあります。いまさら本気にはならないでしょうから」

「わかってるわねえ。それだけの器があればこの男も簡単に落とせるわ」

「ありがとうございます。ちなみに沙織さん、取引には条件があるのですが」

「彼の話を聞かせてくれとか？　もちろんいくらでも話してあげる。彼の好きな料理でも、特殊な性癖（せいへき）でも、なんでも訊いてちょうだい」

「取り引き成立ですね」

不本意だ。

俺の目の前で、俺をめぐる取引が成立した。まるで人身売買の現場を見せつけられているようだ。しかも売買されているのは俺自身ときてる。というか何なのこの会話。

「あなたとは気が合いそうだわ真ちゃん」

「わたしもです沙織さん」

「今夜は朝までいっとく？」

「望むところです」

「というわけでマスター。おかわりちょうだーい」

「…………」

勝手にしてくれ。

俺は黙って三杯目のウォッカマティーニを作り始めた。人間には得手不得手（えてふえて）というものがあるし、不得手にはできるだけ関わらないに限る。どうしても関わらなきゃいけない時は、とっておきのスコッチでも飲んで酔っ払っちまうのが一番だ。今夜の俺がこれからそうするみたいに。

第四話

Fourth episode

一週間が経った。

状況は何も変わらない。十二時に起床して、時計の修理をして、時間どおりに店を開け、時間どおりに店を閉める。十二月の池袋は相変わらず冬めいて冷え込み、そこかしこで吸血鬼災害が頻発し、それでも世界は回っている。

猟犬の仕事を休業し、綾瀬真という異物が紛れ込んだ以外、俺の身辺には何の変化もないように見える。あくまでも表向きは。

†

「将来の話をしましょう」

十三時。

作業机に座って時計の修理を始めた俺に、真が話しかけてきた。

「わたしと誠一郎さんの未来の話です。とても大切で、有意義な話だと思います」

綾瀬真という人物に俺は慣れつつある。「そうだな」適当に返事をしながらゼンマイのチェックを始めた。極薄の素材をカタツムリの殻みたいに巻いた、機械式時計の心臓部。長年の酷使でいささかヘタレている。メンテナンスでなんとかなる範囲だろうか？　それとも丸ごと交換？

「誠一郎さん。大事な話ですよ？」

「ああ。そうだな」

「長い話になりますので、まずはコーヒーを淹れようと思います。豆は何を使ってもいいですか？」

「ブルーマウンテンはやめてくれ。適当に飲むにはもったいない豆だ……というか要らないよ、コーヒーそのものが。間に合ってる」

「誠一郎さんは飲みたくなくてもわたしは飲みたいです。ものはついでなので二杯淹れます。飲みたくなければ残してください。わたしが誠一郎さんのぶんまで飲みますから」

　慣れつつあるというのはこの場合、諦めつつあるのと同義だ。ひとつ屋根の下で生活している以上、ささいな衝突は常に起きる。血気盛んな若者とくたびれた大人。どちらが譲る側に立たされるか考えるまでもない。

「わたしはカフェオレにします。誠一郎さんは？」

「ブラックでいい。というかカフェオレなんてやめてくれ。せっかくのコーヒーがもったいない」

「おいしいですよカフェオレ」

「俺は好きじゃない」

「そう言わずいちど試してみてください。ぜったい損はさせませんから。もし損をしたら、なんでもひとつ言うことを訊きます。少しぐらいなら触っても大丈夫です」

「触るって何を」

「乙女(おとめ)の口から言わせる気ですか?」

「何でもいいから適当に作ってくれ。任せる」

「はい任されました。キャラメルシロップを使ってもいいですか? お店に置いてありますよね?」

好きにしろ。

手を振って応えると、真はにっこり笑って階下へ駆けていく。

(親子だな)

と思わざるを得ない。

ここ数日は特にそう思う。真の振る舞いは、嫌でも彼女の母親を連想させる。泉(いずみ)さんがまさにこんな感じだった。主張し、振り回し、関わる相手にため息をつかせる。ただし胃にもたれない。あっけらかんとしているし、悪巧(わるだく)みをしていても邪気がない。ライムをたっぷりしぼってソーダとミントで仕上げたカクテルみたいだ。

「お待たせしました」

へたれたゼンマイを丸ごと取り替えようと決めたころ、真が湯気の立つカップを持って二階に上がってきた。

「どうぞ。飲んでみてください」

甘くて香ばしくてやわらかい匂(にお)いが鼻をくすぐる。コーヒーの淹れかたはひと通り教えてあるし、真は筋もいい。女性客にウケそうなカフェオレだ。

ひとくち含んでみる。

「どうですかお味は？」

「甘い」

「美味(おい)しいか不味(まず)いかを訊いてるんです」

「美味(うま)いよ。よくできてる」

「お客さんに出しても良さそうですか？　わたし、こういうお仕事は得意だと思います。早くいっしょにお店に立ちたいですね」

「さあどうかね」

適当にはぐらかす。真は気にした風もなく、ちゃぶ台にちょこんと座る。

「さて誠一郎さん。今日は何のお話をしましょうか」

「何も話さなくていい。黙って本でも読んでてくれ」

「それはいけません」

　強く首を振って、

「こんなせまい場所にいるふたりが黙っているなんて、良くないことです。精神衛生に悪いです。気が滅入ってしまいます」

「俺は気にしないよ」

「わたしは気にします。いいですか誠一郎さん？　わたしとあなたは運命共同体です。わたしがあなたを頼って、あなたがそれに応えてくれた、その時点でふたりは特別な関係になったんです」

「まあ特別といえば特別だな」

「その特別な相手がピンチなんですから、力を貸してくれてもいいのではないでしょうか。時計いじりをしながらでも話はできますよね？　というわけで話しましょう。軽妙なトークを楽しみましょう」

「俺は静かなのが好きなんだが」

「誠一郎さんは将来何をやりたいですか？」

話が始まってしまった。

　まあいい。損はしないし何も減らない。

「ないよ。やりたいことなんて」

　修理の対象は先日に引き続きクロノグラフ。けっこうな難物で、完動品の状態まで戻すには時間が要る。手は掛かるが楽しみも多い。

「強いて言うならもうやってる。毎日時計をいじって、酒に囲まれて、吸血鬼を殺してる。これ以上は望まない」

「時計のお仕事はいつから？」

「壊れた時計をいじって遊んでいたのが始まりだよ。親父が実家で使っていた古い時計だ。それがきっかけであれこれ勉強した。素人に毛が生えた程度の腕前だけどな」

「どうして時計の修理が好きなんでしょう？」

「細かい作業をちまちま進めるのが性に合ってるんじゃないかな。地道であれば地道であるほどいい。その方がのめり込める」

「誠一郎さんは世界がせまいんですね」

「まったくだ。新しい可能性を広げようって気がない。手の届く範囲のことしか興味がない。出かけたり、冒険したり、そういうのはまっぴらごめんだ。世界はせまいほどいい。何事もコンパクトに纏まってた方が美しい」

「ルーチンが好き、というのはそういうことですか」

　思い出す。

　綾瀬泉との会話は他愛もない議論が多かった。といっても他愛もないのは表面上、あるいは俺の側に限った話で、泉さんは会話してる内容の何倍もいろんなことを考えていた。たとえば、朝食にステーキを食べるのがアリかナシかの話をしながら、新素材の化学式を構想するとか。実際俺は、泉さんと評判のラーメンを食いに出かけた翌日に、彼女がサインペンで書き殴った論文を提出するのを見たことがある。某学術誌に掲載されて論争を巻き起こし、いわくつきになったとある論文だ。

「お酒が好きなのは、お父さんの影響で？」

「そうだな。親父は有名なモルトバーのオーナーだった。家には山ほどウイスキーのボトルがストックしてあったよ。子供の時はなんの興味もなかったんだが、まあ血筋は争えないってことなんだろうな。大学に入るころには自然と酒に触れるようになってた」

「狩人になったのはいつから？」

「高校生の時には真似事を始めてた。アルバイト程度の軽いもんだけどね。吸血鬼が現れて以降は銃刀法がゆるくなってな、粋がった子供の間では度胸試しに吸血鬼を追っかけるのが流行ったんだよ。山ほど人が死んで、今じゃもう下火になってるが」

「じゃあキャリアは長い方なんですね」

「生き残ってれば自然に長くなる。返り討ちにあったり、尻尾を巻いて逃げ出したりで、入れ替わりの激しい業界なんだ」

そこまで言って時計をいじる手を止める。

「なあ。一体なんなんだこのやりとりは？」

「強いて言うならインタビューですね。わたしが誠一郎さんをよく知るための」

「必要か？」

「もちろん」

なぜそんな当たり前のことを訊くのか、という顔で真は頷き、

「誠一郎さんは腕のいい狩人だと聞きました。高校生の時からキャリアをスタートさせているから、というのが理由のひとつだと思いますが、具体的にどうして誠一郎さんは腕のいい狩人でいられるんでしょうか？　そのための秘訣が何かあるんでしょうか？」

「秘訣ってほどじゃないが」

修理を再開しながら、

「吸血鬼には独特の癖がある。そいつを知ってるかどうかが重要だな」

「具体的にはどんな？」

「仕草とか振る舞いとか思考パターンとか。猟犬を長くやってると、なんとなくそういうのがわかるようになってくる。言葉で説明しづらい、教えられても身につかない、直感みたいなもんだ。マニュアルにしようとしてもぜったいできない、一種の肌感覚みたいなもんかな。こいつばかりは吸血鬼と切った張ったしてないと身につかない。おかげで今日まで生き残ってる」

「つまりセンサーみたいなものですか？　吸血鬼専用の」

「似たようなもんだ」

「わたしが吸血鬼だと疑わないのも、それが理由で？」

「それもある」

「なるほど。言ってましたもんね誠一郎さん、わたしの視線のこと。最初に会った時の話です。引き金を見てたとか首筋を見てたとか。わたし自身はぜんぜん意識してなかったんですけど」

　真は納得顔をして、

「誠一郎さんは、吸血鬼についてどうお考えですか？」

「どう、というのは？」

「いろいろです。吸血鬼はどうして生まれたのか、とか。将来吸血鬼はどうなってしまうのか、とか」

「さてね。俺にはわからんよ。世界中の研究者が血眼（ちまなこ）になってもまだ見つからない真理だからな。俺の仕事は吸血鬼を狩ることであって、吸血鬼の謎を解き明かすことじゃない。警察官が裁判をやらないのと同じだ。世の中には役割分担ってものがある」

「いつか仲良く暮らせるんでしょうか？　吸血鬼と人間は」

「君は連盟（ユニオン）みたいなことを言うな」

吸血鬼を新たな人類の形であると定義したり、神聖視して祭り上げたりする集団は、吸血鬼が人類史に登場して以降、雨後（うご）の筍（たけのこ）のように現れた。そんな連中を統合し、曲がりなりにもひとつの形に纏（まと）めつつあるのが『人類救済連盟（Mankind saving union）』だ。それは、吸血鬼という解明不能な存在へ向けられる畏怖（いふ）や嫌悪感の、一種のカウンターだったのだろう。表舞台に登場して以来、彼らの存在は急速に影響力を増し、日常に浸透しつつある。

「まあ連盟とひとことで言っても、彼らにも様々な派閥（はばつ）があるわけだが――彼らは原則として吸血鬼と人間の融和（ゆうわ）を掲げている。吸血鬼は人間が進化した形であり、友愛と敬意をもって接するべきである、とね」

「馬鹿げた話と思いますか？　狩人である誠一郎さんにとっては」

「いいや」

俺は言葉を選びながら、

「血に狂って暴発する瞬間まで、彼らは正しく人間だ。そもそも吸血鬼という存在を確定し切れてない以上、人間と吸血鬼の区別をつけるのは難しい。誰もが明日は我が身なんだよ。俺だっていつか吸血鬼に成り果てて、猟犬に追われるハメになるかもしれない」

「誠一郎さんが吸血鬼になったら大変でしょうね。なにしろ吸血鬼のことも狩人のこともよく知ってますから、いくらでも抵抗できそう」

「実際にそういう例もたくさんある。猟犬もそうだが、軍人やらプロの格闘家なんかが吸血鬼になると手に負えない。ひとりで千人以上殺すこともザラだ。小さな途上国でその手の化け物が現れると、簡単に政権が傾く」

ふう、と息をついて俺はマルボロに手を伸ばし、伸ばした手をすぐに引っ込めた。フェミニストを気取るつもりはないが、真の前でニコチンをまき散らす気にはなれない。害悪だらけの習慣でも考え事の助けぐらいにはなるのだが。

「誠一郎さんは」

真は首をかしげて、

「吸血鬼に対して優しい気がします。わたしの勘違いでしょうか？」

「勘違いだな。前にも言っただろ？　縁があるだけだよ、良くも悪くも。身内から吸血鬼も出たし、吸血鬼を何度も殺したし、吸血鬼に何度も殺されかけた。人生の一部なんだ、そういう相手は。嫌でも理解は深くなる」

「まさに狩人、ということですね。狩猟(しゅりょう)を生業(なりわい)にしている人の多くは、自分と獲物を対等の関係と考えていると聞きます。食物連鎖に則(のっと)って命のやり取りをする際、彼らはみな獲物に対して敬意を持って接するとか」

「敬意。敬意か。ちょっと違う気はするな。少なくとも俺に慈悲(じひ)の心はないね。事情はどうあれ吸血鬼は殺す。どれだけみじめに命乞(いのちご)いしようと必ず殺す。それが俺の仕事で、俺の生き方だ」

「その点は疑問です」

　真はさらに首をかしげ、

「敬意も慈悲もない人だったら吸血鬼は殺しません。だって吸、い、い、い、吸血鬼は生きて、い、い、い、いる方が、か、か、価値が、あ、あるんですよね？　優也(ゆうや)さんも言ってました。誠一郎さんがもう少しビジネスに真剣だったら、とっくに一生遊んで暮らせるだけのお金を稼(かせ)いでいると」

「さあどうかな。覚えてないね」

「わたしは血液製剤(タブレット)のおかげで普通の人間として暮らしていけます。だけどもしも血に飢(う)えて暴走してしまったら、ひと思いに殺してもらった方が楽だと思います。人体実験の生贄(いけにえ)にされるのも、自分が自分でなくなるのも、まっぴらごめんです。死ぬよりも恐ろしいことが世の中にはあります。誠一郎さんはそのことをよく知っていますよね？」

答えず、俺は甘ったるいカフェオレを舐めた。

大人より賢い子供はたくさんいる。天才かどうかはともかくとして、綾瀬泉の娘は血筋にふさわしく賢い。こういう相手をごまかすのは骨が折れる。

「真。君は大人びてるな」

「ありがとうございます。わたしのことを大人の女として見てくれるんですね」

「いやそういう意味じゃないんだが」

「誠一郎さんは優しいです。少なくともわたしはそう感じます」

「感じるのは勝手だ。俺がどうこう言うことじゃない」

「はい。わたしは勝手に誠一郎さんの優しさを感じようと思います。思うだけなら自由ですもんね」

真もカフェオレを手に取る。

陶器のカップを両手で包み、視線を白茶色の液体に落として、

「誠一郎さん」

「なんだ」

「わたしが本当の化け物になってしまったら殺してくれますか？」

「殺すよ」

俺は請け負った。

「その時はきちんと殺す。だから今は安心して生きてくれ」

「約束ですよ？」

「約束なんて要らない。それが俺の仕事だ。リスクの割に儲からない副業でも仕事はこなす。大人なら当然のことだろ？」

「誠一郎さん」

「なんだ」

「やっぱり優しいですよ、あなたは」

「いや。君じゃなくても吸血鬼は殺すけどな」

俺は重ねて訂正する。

真は微笑んでカップに口をつける。

†

「それにしても熱心ですね」

作業する俺の手元をのぞき込みながら、真が感心する。

「そんな細かい仕事、わたしにはできる気がしません。ひとつひとつの部品が本当に小さいですよね。くしゃみをしたらぜんぶ吹き飛んでしまいそう」

「吹き飛ぶよ実際。とにかく繊細で微妙な作業なんだから。本来ならしゃべりながらやるもんじゃない」

「これはしたり。わたしはお邪魔でしたか？」

「わざわざ言ってやらなきゃわからないか？」

「馬鹿にしないでください。わたしはちゃんと空気を読める子ですよ。それでもあえてお邪魔しているんです。コミュニケーションは大切ですから」

「そうかい」

議論するつもりはなかった。負ける戦いはしない主義だ。

「きれいですよね」

机の周囲にレイアウトしてある時計の数々に目をやりながら、真が感嘆する。

「いろんな時計がありますけど、どれもとてもきれい。金色だったり、銀色だったり、青や赤で絵が描いてあったり。古いものが多いけど味わいがあります」

「ここに置いてあるのはだいたい百年前のアンティークだな」

修理の手を止めて、俺は自分の肩を揉みながら、

「壊れて動かない、金銭的な価値も低い、ただし作りの良さが際立っている、そういう時計を引き取っては直してる。こいつは副業ですらないな。完全な趣味だ」

「じゃあこの時計は誠一郎さんの私物？　これとか、これとかも」

「そうだよ」

「あ。これ可愛い」

時計のひとつを真は手に取った。

ご婦人用の提げ時計だ。小ぶりな金張りのケースに、赤いエナメルで薔薇が描かれている。目の付けどころがいい。無銘だが凝った作りの高級機だ。

「いいなー。可愛いなー。あ、別におねだりしてるわけじゃありませんよ？　わたしはそういうはしたない女じゃありません。でも可愛いなー。いいなー」

時計を手に取り、ためつすがめつ。あれこれ検分している姿は年相応の少女に見える。友人同士でアクセサリでも買いに出かけているような。

（――ふむ）

思いついたことがあった。悪くないアイデアかもしれない。

「欲しいか？　その時計」

「えっ」

「あげるよ。メンテナンスして明日までには仕上げてプレゼントしよう。その代わりなくすなよ？　肌身離さずつけておけ。そうだな、首から提げておくのがいい。ついでにチェーンも何か見繕っておく」

「…………」

意外な申し出だったらしい。

真は目を丸くし、口もぽかんと開けて、

「えっ、でもおねだりしてるわけじゃないんですよ本当に。いいんですか？　大事なものじゃないんですか？」

「タダ同然のもらい物だ。掛かってるコストは俺の手間だけだよ。それに時計ってやつは、動かさずに置いておくより日常的に使った方がいい。だから気にするな」

「粋な計らい！」

真は飛び上がって喜んだ。

築六十年の木造建築が、みしりときしむ。

「うれしい！　素敵です！　こんなプレゼントをもらえるなんて思ってもみませんでした！見かけによらず気が利くんですね！」

「見かけによらずは余計だ」

「これでわたしの好感度はうなぎ上りです。んもー、やだなー、こんなにわたしを喜ばせてどうするんですかー。わたしって尽くす系の女なので、恩返しになんでもしちゃいますよ？」

「恩返しなんぞ要らん。そのかわりちゃんと使え」

「もちろんですとも。肌身離さず身につけますね。寝る時も、お風呂に入る時も」

「風呂に入る時は外してくれ。時計が壊れる」

「んもー冗談ですってば。常識外れのわたしですが、そのくらいの常識はあります」

さてどうだか。

この喜びようだと本当に風呂場まで持ち込みかねない。まあそのくらい使ってもらえるなら期待どおり。壊れたところで直せば済む。

「それじゃあわたしコーヒーを淹れてきますね。初めてのプレゼントのお礼に。あっ、でもその前から愛情をたっぷりもらってますから、あながち初めてのプレゼントというわけでもないですね。えへへ」

「コーヒーを淹れるならブラックにしてくれ。カフェオレはもういい」

「かしこまりです！　とびきり美味しいのを淹れますね！」

†

真が淹れたコーヒーは悪くなかった。マンデリンの深煎りはパンチが効いている。このくらい苦味がないと頭が冴えない。

「ところで誠一郎さんはどのくらい強いんですか?」

カフェオレをすすりながら真が訊いてくる。いきなり斬り込んでくるスタイルには慣れてきた。一拍おいて俺は返す。

「なんでそんなことを訊く?」

「理由は単純です。わたしを守ってくれる頼もしい男性の実力を知っておきたくて」

コーヒーをひとくち飲んで、ふたたび一拍。

「そもそも強くないよ」

俺は首を振る。

「君がどんな答えを期待しているのか知らないが、俺は無敵でも万能でもない。そこらのゴロツキと喧嘩したって勝てる自信はない。そういう意味ではむしろ弱いぐらいだ」

「じゃあ例えばの話ですが。今この瞬間、わたしを狙う誰かがここを襲ってきたとしたら、誠一郎さんは勝てますか？」

「負けるね。断言できる」

「あっさりとそんな。うら若き乙女のわたしとしては、もう少し頼もしい言葉をいただけるとありがたいと言いますか」

「リップサービスに意味があるか？　本当に信頼関係を築きたければなおさらだ」

むう、とくちびるを尖らせる真。

俺は続ける。

「そもそも前提がおかしい。今この瞬間、君を狙う誰かがここを襲ってくるのだとしたら、もうその時点で俺は負けている。相手の実力とか装備とか人数とかは関係ない。奇襲なんてされる隙があるようじゃ、どのみち先は長くない」

「それにしては余裕しゃくしゃくに見えますよ、誠一郎さんの態度は」

「予防線は張ってるってことだ。猟犬の仕事は裏家業。ガラの悪い連中も多いし、トラブルもしょっちゅう起きる。誰が敵に回りうるのか知っておく必要があるし、対策も立てておかなきゃならない」

「そのためには情報が要りますよね？　政治的な根回しも欲しいです」

「正解だ」

「優也さんと沙織さんがその役割を?」

うなずく必要はないだろう。

公安のキャリア組に、闇社会の大立者。コネってものの有り難みが身にしみる二人だ。権力と金、そして情報。いずれも存分に俺を支えてくれる。あのふたりと協力関係にある限り、大抵のトラブルは回避できる。俺がこんな横丁でのんびりバーテンをやり、趣味で時計の修理なんかをやっていられるのも、すべて彼らのおかげと言っていい。

「とはいえですね」

真はなおも食い下がる。

「いくら誠一郎さんが弱いと言っても、実際に荒事の現場にいるわけです。わたしもいきなり拳銃で撃たれたわけですし」

「必要があればそうするよ。弱いなりにもやり方ってもんがあるし、吸血鬼と立ち回るにはコツがある。なんとか食いつないで生き残っていくには、それで十分だ」

「つまりそれは強いってことだと思うんですが。誠一郎さんは一流の狩人ですし、キャリアも長いし、結果も出しています」

「解釈するのは自由だよ。事実の認識さえ間違ってないなら、好きにしていい」

「謙虚ですねえ」

「どこが？」

「誠一郎さんは実際にこうして、か弱い女の子を守ってくれていますし。わたしはそのことが嬉しいですし、ありがたいとも思います。この恩は一生忘れませんし、どんなことをしても返しますし、正直誠一郎さんは素敵な男性だと思います」

「それはどうも」

「結婚しましょう」

「……泉さんもそうだったが、君たち親子は話が飛躍しすぎる。ついでに脱線もする。俺が強いか弱いかを話してたんじゃないのか」

俺は呆れた。

真はにこにこしている。

「誠一郎さん」

「なんだ」

「母はあなたのことを多くは話さなかった、と前にも言いましたよね？」

「ああ。言ってたな」

「でも母がいちばん楽しそうに話すのは誠一郎さんのことでした。わたしがお話をねだると、当たり障りのない範囲のことはたまに聞かせてくれたんです。そういう時の母は女の顔をしていました。わたしが言うのもなんですが、あんなに浮き世離れした人だったのに。だからわたしは、母にそんな顔をさせるのはどんな男の人なんだろうって、ずっと気になってたんです」

「へえ。そうかい」

「会ってみてよくわかりました。誠一郎さんは母のお気に入りだったんですね。たぶんどんな研究よりも大切な」

親子だな、としみじみ思うのはこういう時だ。

同時に、綾瀬泉が死んだと聞かされてもそれほどショックを受けてない自分の心理も理解できる。間違いない、綾瀬泉は死んでないと俺は心のどこかで確信している。

目の前に彼女とそっくりの娘がいるから？

優也から聞かされた情報を信じていない？

どれもありそうで、それでいて的外(まとはず)れな気もする。自慢じゃないが勘は悪い方じゃない。そもそも泉先生が絡んでいる案件は、昔から一筋縄(ひとすじなわ)じゃいかないことばかりだった。何が起きても驚くに値しない。

「なんだかわたしばかり話題を振ってますね」

コーヒーのお代わりを淹れながら、真は不満げに、

「誠一郎さんも何かわたしに訊いてください。このままでは不公平です」

「別にないよ、訊きたいことなんて」

「それは嘘です」

ちっちっち、と指を振りながら否定して、

「興味がないわけありません。誠一郎さんがビジネスに徹しているならあり得る話ですけど、でもちがいますよね？　誠一郎さんは、わたし個人に興味を持ってくれてるからわたしを匿ってくれるし、ましてこうやって同じ部屋で同じ空気を吸って、お互いがシャワーを浴びる音を聞きながら暮らしてるんですから。これで何の興味も湧かなかったら頭おかしいですよ。誠一郎さんの頭はおかしくないですよね？」

「無茶苦茶な理屈だな……」

「たとえばわたしの初恋の話とか、どうでしょう？」

「そういうのは女同士でやってくれ」

「でも興味はありますよね？」

「学校にも行ってない、泉さんぐらいしか生身の人間を知らない、そんな人間から何の恋話を聞くんだよ。どうせ聞くなら吸血鬼の話だろ？　君は生まれつきの吸血鬼で、俺は吸血鬼を狩る側なんだから」

言って俺はしばし考え、

「いいや気が変わった。訊きたいことを思い出した」

「おっ。なんですなんです？　なんでもお答えしますよ？」

「血液製剤の件」

「んまあ」

　真は顔をしかめて、

「無骨な話題ですねえ。せっかく女の子がなんでも答えると言ってるのに。せめてスリーサイズぐらい訊いたらどうですか」

「君が持っている薬は生命線だ」

　無視して、

「俺としては、今すぐそいつをしかるべき研究機関に渡すことをお勧めするね。君や泉先生にもいろいろ考えがあるんだろうが、それが公共の福祉ってもんだ。今からでも優也に渡したらどうだ？」

「血液製剤が量産されて一般に普及したら、誠一郎さんのお仕事がなくなっちゃいますね。吸血鬼であることがほとんど問題にならなくなるんですから」

「俺の本業はバーテンダーだよ。猟犬をやめても食いっぱぐれることはない。……で、どうなんだ？　渡すつもりはないのか？」

「そうですねえ……」

あごに手をやり、くちびるを尖らせる真。

それから彼女は懐から小瓶を取り出した。白い錠剤が数十粒。

「これ、誠一郎さんにならお渡ししますよ？」

「…………」

今度は俺が顔をしかめる番だ。

「それじゃ話がちがう。渡せないものだと言ってただろう？　世の中に出すための準備が整ってないとか、威勢良くタンカを切ってたじゃないか」

「優也さんには渡せません。沙織さんにもです。でも誠一郎さんには渡せます」

「そいつをもらったら、俺が優也と沙織に渡すだろうな」

「構いません」

「どこかの製薬会社に売り払うこともできる。ちょっと面倒だが特許を申請するのも悪くない」

「それがいいなら、どうぞそれで」

「俺が絶対にそうしないという確信でもあるのか？」

「あります。でもこれはそういう話じゃありません」

小瓶をテーブルにのせ、指先でいじりながら、

「本当のことを言うとですね。興味がないんですわたし。吸血鬼がどうだとか、世の中がどうだとか、ほとんど関心がありません。わたしの世界は誠一郎さんよりもはるかにせまくて、変化もなかったんですから」

「まあ……そうだな。学校にも行かず、家に閉じこもってたんじゃな」

「こういう時代ですから不便はしなかったですけどね。ネットも流通も進歩して、わたしみたいなスタイルでも普通に生活はしていけますから。だけど母が事件に巻き込まれて、誠一郎さんに出会って、わたしの周りは初めて動き出しました。最初はどうなることかと思いましたが、今ではすっかり新しい生活に夢中です。今日は何をしよう、明日は何をしようって、毎日考えています。それがとても楽しいんです」

「この店から一歩も出られないけどな」

「わたしにとっては十分です。わかりますか誠一郎さん？　あなたが思っている以上に、わたしにとってはあなたがすべてなんです」

「俺と会うまでは、母親である泉さんがすべてだった、というわけか」

「その通りなんですが、今のはそういう話じゃありません。でもいいです。そういうお堅い誠一郎さんも嫌いじゃありませんし」

「よく舌の回る子供だ」

嫌味で返したつもりだが、これはヤブヘビだった。劣勢を認めているようなものだ。案の定、真はニヤニヤこちらを見上げている。血のつながりがこれほど煩わしく思える瞬間も他にない。いびり方まで親子そっくりだ。あの頃から十年近く経っているのに俺も進歩がない。

反撃を試みる。

「学校にも通ってない、という話だった」

「はい。通ってません」

「社会性ってやつは、生身の人間同士が交わることでしか育まれない。でも君は、ちょっと特殊なところはあるにせよ、ごく普通に他人とコミュニケーションが取れている。君はどうやってそれだけの能力を身につけた？」

「学校には通いませんでしたが、五歳の頃まで普通の人間として暮らしていたんですよ。だからある程度は社会性も身についています。あくまでもある程度ですけど」

「そのあとは泉さんと二人だけの生活か」

「はい」

「吸血衝動とはどうやって折り合いを？」

「血液製剤が完成するまでは、定期的に母の血をもらっていました。おかげさまで暴走することもなく今日という日を迎えています」

「その程度で済んだのはたぶん、君が生まれつきの吸血鬼であることも関係しているな」

「かもしれません。わたしは生まれながらの吸血鬼ですが、吸血衝動が芽生えたのはけっこう後なんです。赤ちゃんの頃は普通にミルクを飲んで、離乳食を食べて生きていました。それはそうですよね？　そもそも吸血鬼は、栄養補給を主な目的として血を吸うわけじゃありません。人並みに食事をしないと飢え死にします。その点は普通の人間と同じです」

「血を吸ったことのある相手は泉さんだけ？」

「はい。他には誰も」

想像する。希有な天才と、瓜二つなその娘。ふたりきりの生活。会話の相手はひとりだけ。一体どんな人格ができあがるのか、目の前にそのサンプルがある。

それにしても、と俺は思う。話せば話すほど綾瀬親子の影はデジャブする。そっくりさんの範囲を超えている。学生時代にタイムスリップしているみたいだ。まるで泉先生が蘇り、久しぶりに茶飲み話を交わしているような。声の抑揚、ふとした瞬間の仕草——ただ一緒に暮らしていただけで、ここまで似通うものか。

「将来の話、だったな」

訊いてみる。

「君はこの先どうする？　いま君の身の上に起きている問題がぜんぶ解決して、こんなところで息をひそめて暮らさなくてもいい立場になったとしたら。君はどんな人生を歩んでいきたい？」

「…………」

「真？」

「誠一郎さん。わたしうれしいです」

「なにが」

「初めて本気で心配してもらえました」

「おいおい。その言い方だと俺がまるで人でなしみたいじゃないか。確かに俺の世界はせまいし、厄介（やっかい）ごとは抱えたくもないが、人並みの感情は持ってる。世話になった恩人の娘さんが困ってるんだ、心配するのが当たり前だろう」

「わたしとお母さんだったら、どっちが好きですか？」

「俺は君の将来の話をしてるんだが」

「将来は誠一郎さんと結婚したいです」

「真面目（まじめ）な話だよ」

「わたしも真面目な話をしています。でもまあ、もう少し空気を読んで答えますと」

ふうむ、と考えるそぶりをしてから、

「ふたりでお店に立ってみたいですね。今はわたし、この部屋で毎日時間を潰しているだけですけど、ちゃんと誠一郎さんのお手伝いをしたいです」

「あいにくと人手は足りてるよ」

「可愛(かわい)い看板娘がいるとお店も繁盛(はんじょう)すると思います」

「カウンター六席のバーはキッチンがせまくてな」

「大丈夫です。わたし身体(からだ)ほそいですから」

俺は煙草(たばこ)を取り出して口にくわえた。最近買った煙の出ないタイプのやつだ。俺も焼きが回ったもんだ、こんなのを吸うハメになるとは。

「あとはそうですね、狩人の仕事を手伝うのはどうでしょう。わたし吸血鬼ですし、頼りになりますよ」

「勘弁してくれ。生きるか死ぬかの仕事に子供を連れていけるか」

「要するにお荷物になってるだけの状況が嫌なんです。わたしはあなたのパートナーになりたいんです」

「もうちょっと普通の将来設計をおすすめするよ」

「生まれつき普通の人生を歩んでこなかったので、今さら普通の人生には憧れません。学校に通いたいとも思いませんし、同い年の友達を作ってお茶会したいとも思いません。わたしにはもっと他の生き方があるはずです。わたしにしかできない、わたしに生まれついたからできる、わたしだけの生き方が」

またデジャブだ。

科学者であり、化学者でもあった綾瀬泉はまた、我が道をゆく哲学者でもあった。希有な天才に生まれついた彼女は、彼女にしか理解できないビジョンを抱き、ひたすら孤高に人生を突っ走っていた。

力になりたい。

彼女の生き方を、彼女の背中を間近に見ていた俺に芽生えたシンプルな感情。綾瀬泉という人間に惹かれる、それがきっかけだった。義務感のような、正義感のような――恋愛感情と呼ぶには拙いものではあったが、俺はある時期たしかに、綾瀬泉にもっとも近づいた人間だったと思う。彼女が目指す何かを、けっきょく共有することはできなかったけれども。

かつて憧れたひと。

そのひとから託された娘。

俺はこの子に、かつて果たせなかった何かを見出そうとしているのだろうか？

『今はお別れしちゃいますけど』

思い出す。

泉さんが言った言葉。

『わたしはあなたのことが好きですよ。将来は結婚したいくらい好きです。まあわたしたちにとっての結婚が、世間一般のそれと同じものになるとは限りませんが。結ばれる形は人それぞれであっていいはずですしね』

『つまり普通じゃないんですあなたは。なにせわたしについてきちゃうんですから。普通は深入りしませんよこんな女に。自分で言うのも何ですが、どうあっても異質なんですわたしは』

『でもあなたって、いつから普通じゃなかったんでしょうね。吸血鬼に悪縁がありすぎるのは偶然で片付けられても、その後のあなたの生き方は普通じゃありませんし。わたしと出会って、わたしと絡んでしまうあたりも普通じゃありません。大ざっぱに言って運命的です。そして本物の運命は決して切れないものです』

『だからわたし、いつか必ずあなたを頼ることになります。その時はどうかよろしくお願いしますね』

おかしな人だった。

もう何年も会ってないのに、彼女の言葉はまるで今この瞬間、目の前で紡(つむ)がれているみたいに、確かな温度をもって脳裏(のうり)に蘇ってくる。

感傷(かんしょう)だ、と言われればその通り。

だが感傷になんの問題が？　むしろそいつが世界を回す、いちばんの力じゃないか。

「考えてますねえ」

真が茶化してくる。

「そんなに複雑な話ではないでしょう？　あなたに尽くしたい、あなたの恩に報いたい、と思ってる便利な女がいるんだから、上手(うま)いこと使えばいいんですよ」

「簡単に言うなよ。まともじゃない自覚はあるが、これでも一応は大人なんだ。子供のことは一番に考えなきゃならんだろ」

「わたしたち、きっと上手くいきますね」

「なんでそう思う」

「だって、お互いにこれだけ相手のことを思ってるんですから。いいパートナーになれなければ嘘ですよ。だから安心して運命の流れに身を任せてください。そうすればちゃんと結果は出ます」

科学者であり、化学者であり、哲学者でもあった綾瀬泉はまた、おそろしく高い確率で未来を言い当てる予言者でもあった。

こんなところまで血筋は争えない。

出会ってまだ一週間だが。

主導権がどちらにあるのか、さすがの俺も自覚してきた。

「解釈するのは自由だ」

けっきょく俺はそんな言葉で場を濁した。

真はにんまり笑いながらこう返してきた。

「事実の認識さえ間違ってないなら好きにしていい、でしたよね？」

ぐうの音も出ない。

席を立つ。

「そろそろお開きだ。店の準備がある」

「手伝いましょうか？」

「いらん」

バーは大人の社交場。子供の出る幕じゃない。

もっともそんな小さなこだわりは、きっと近い将来蹴散らされることになるだろう。大人も舌を巻くほど大人びた子供――いま目の前にいる、したたかな侵略者によって。

「いってらっしゃい誠一郎さん。お仕事がんばって」

真は手を振り、階段を下りる俺を見送った。

無神経に深入りするようでいて、きちんと距離感をわきまえている。こんな老成した人間力を、彼女はどこで手に入れたのだろう？　学校に通ったことがないなんてとても信じられない。三十年近く生きている俺だが、逆の立場に立ってもこれほど巧妙な立ち回りをする自信はない。

まったく困ったものだ。

そしてこのあたりで白状しておこう。

俺は自分が置かれている状況を、少しばかり楽しみ始めている。

綾瀬泉が単なる天才≠天災に終わらなかったのは、妖しくも輝かしい魅力を彼女が放っていたからだ。娘たる綾瀬真は正しくその血を受け継いでいる。子供なのか大人なのかわからない――いやむしろその両方なのか？　――彼女の行く末を、俺は見極めてみたい。酒と時計と吸血鬼を相手にするぐらいしか取り柄のなかった、それだけで世界が閉じていた俺にとってそれは、久方ぶりに開けてしまった新しい未来絵図だ。捨ててしまっても生きていけるだろうが、気づいてしまったからには放ってもおけない。

ま、いずれにせよ。

さしあたりは今日という一日だ。異物が混入しても日常はつづく。店を開き、シェイカーを振って客の愚痴を聞く、それもまたルーチン。『ゼネラリストを極めた先にこそ道はひらける』と綾瀬泉はかつて語った。その論でいくなら、日常とルーチンを重ねた先にもまた、特別な何かが待っているのかもしれない——そんなことを考えながら、俺はカッターシャツに袖(そで)を通すのだった。

第五話

Fifth episode

さて。

ここから少し物語が変わります。具体的には本筋から逸れて、ちょっとしたサイドエピソードへ突入します。わたしと誠一郎さんの正統派ラブストーリーを脇に置いてまですることか、と問われるといささか心苦しいのですが、まあ見方によってはこちらこそ本筋かもしれません。わたしにとっては明らかに脇道ですけどね。

まずは手短に前提をお話ししましょう。

その夜、速水優也さんから誠一郎さんに連絡がありました。二十年も前から消息不明だった誠一郎さんの妹、神谷三夜さんが池袋に潜伏している、という情報です。

『何をおいても知らせる、って約束だったからねぇ』

電話口で、優也さんと誠一郎さんはこんな会話を交わしたようです。

『この情報を聞いてどうするかは君次第だよ。自分で身の振り方を考えるといい。ちなみに公安は今回、一切関知しないから。僕が個人的に仕入れた情報だし、正確性も一切保証しない。それは最初に言っとくよ』

さらにその後です。

考え込んでいる誠一郎さんの携帯に、ふたたび連絡がありました。

『あなたの妹。見つかったかもしれないわ』

沙織さんからでした。

『ただしあくまでも可能性がある、ってだけの話よ。情報源も今回は明かせない。ただ個人的な感想を言わせてもらうと、かなり眉唾ものの情報ね。二十年も消息不明だった子が今さら姿を現すのも怪しいし、わざわざこの池袋に現れたのもうさん臭いわ。まあ約束だからすぐに知らせはしたけど』

──お二人からの連絡は大体そんな内容でした。

「行ってみたらどうですか？」

わたしは勧めました。

「罠だよ」

誠一郎さんは即座に断言します。

「何をどう考えても罠、それも子供だましの類だ。誰がどんな目的で仕込んでいるかはわからないけどな」

「でも気にはなりますよね？」

「ならない」

否定はしましたが、本音じゃないことは明らかでした。誠一郎さんにとって、妹さんの情報はそこまで軽いものじゃないはずです。

「やっぱり行くべきですよ」

「罠だとわかってるのに？」

「罠に乗ってみるのも手です。十中八九、この子供だましを仕組んだのはわたしを追っている人たちでしょう。むしろ何か手がかりが摑(つか)めるかもしれません」

「優也と沙織にも迷惑が掛かる」

「あの人たちはそんなこと百も承知ですよ。でなければ、いくら誠一郎さんとの約束でもこんな情報を流したりしません」

「そもそも君をここに残しては行けない」

「わたしも一緒に行きます」

「笑えない冗談だ」

「わたしをここに残しておく方がよっぽど笑えない冗談です。それともわたしを優也さんか沙織さんに預けてみますか？　百も承知でこんな情報を流した人たちに？」

　誠一郎さんは黙りました。それはつまり、わたしの言いたいことを正確に理解してくれた、ということでもあります。

　わたしの考えはこうです。この際、優也さんと沙織さんは必ずしも味方ではない。もちろん誠一郎さんもわかっているでしょうから、差し出がましいことは言いませんけど――要するに秤に掛けられているんですね、わたしたちは。そもそも優也さんと沙織さんは、自分たちの利益になるからこそ誠一郎さんの側についています。より利益になる取引相手がいれば寝返ります。

裏を返せば、優也さんと沙織さんにこういう行動を取らせるだけの相手がわたしたちの敵だ、ということも言えますよね。

「……俺のそばから離れるなよ」

しばらく考えた末。

誠一郎さんは気乗りしない様子で言いました。

「一歩も離れずついてくること。それができないなら、まだしもここに置いていった方がマシだ。俺ひとりなら何とでもなるが、君の安全までは自信が持てない」

というわけで。

わたしと誠一郎さんは深夜、池袋の街に繰り出したのでした。

その結果、わたしはわたしの身柄を狙っていた人たちによって、あえなく拉致されることになったのです。

……おっと。こんな言い方をすると誠一郎さんが無能みたいに思われますね。もちろんそんなことはありませんので弁護させてください。

第一に、罠だと分かっていても罠に嵌められる方が不利です。

第二に、わたしたちを襲撃した相手が手練れでした。神谷三夜さんの姿を求めてとある廃ビルに足を踏み入れたのですが、事前に十分警戒していたにもかかわらず、わたしたちは巧妙に引き離されてしまい、誠一郎さんはわたしを守りきることができなかったのです。

第三に、わたしは抵抗しませんでした。これがいちばん大きな理由ですね。なぜそうしたのかといえば、目的がいろいろあったからですが——それはまた追い追い。

†

拉致者のみなさんはわたしを拘束し、ミニバンに乗せ、夜の首都高を走りました。その間の会話はほとんどありません。手足だけでなく口も封じられていたので、しゃべりたくてもしゃべれませんでした。

一時間ほどドライブしたところでわたしは降ろされました。

潮の匂いがします。海辺。古い倉庫。横浜か川崎か、そのあたりの埠頭のようです。

倉庫のひとつにわたしは連れ込まれ、頑丈な鉄製の椅子(いす)にくくりつけられました。わたしから自由を奪っているのは、高硬度材を使った対吸血鬼用の拘束具です。とても正しい用心深さ。吸血鬼をよく知っている人たちが犯人なのは明白です。

拉致者は合計で六名。

特殊素材で作られていると思(おぼ)しき黒いボディスーツに、全員が身を包んでいます。いかにもな感じですね。荒事に慣れた専門家の雰囲気(ふんいき)があります。

「手荒な真似(まね)をして悪かったわ」

マスクを脱いで、リーダー格らしい人が言いました。

……なんと。これは意外ですね。女性です。それもわたしとそんなに歳(とし)の変わらない若い女の子――大学生の一歩手前、といったところでしょうか。

「状況が状況だからこういう手段しかなかったの。ごめんなさいね」

真面目(まじめ)そうな人です。

ショートカットにきりりと整った眉。いかにも信念で動いてそうで、融通(ゆうずう)の利(き)かなさそうな。こういう手合いは大体パターンが決まっています。軍人、宗教関係者、革命家――概(おおむ)ねそれらの要素を満たす相手といえば。

「連盟(ユニオン)の方ですか？」

「そうよ」

　あっさり認めました。その声は自信と誇りに満ちています。思想団体、テロ組織、様々な顔を持つ人類救済連盟（Mankind saving union）。菌糸のように目に見えない形で広がり、世にあまねく潜伏している彼らですから、こうして堂々と姿を現すのは珍しいことです。

「お名前を聞いてもよろしいでしょうか」

「悪いけど名乗るつもりはないわ」

　真面目そうな彼女はそっけなく言います。

「それよりこちらの質問に答えて。綾瀬泉はどこにいるの？」

「わかりません」

「本当に？」

「むしろこちらが聞きたいぐらいですよ、うちの母がどこで何をしているのか。連盟のあなたたちの方が、多少なりとも手がかりを摑んでいるのでは？」

「娘を名乗るあなたなら何か知ってるはずよ。それを教えなさい」

「まあそう焦らず。せっかく歳も近いことですし、まずはお互いの親睦（しんぼく）を深めませんか？　話はそれからでも遅くありませんよ」

「悪いんだけど」

真面目そうな彼女は懐から拳銃を取り出して、おもむろに引き金を引きました。

ぱんっ。

乾いた音が鳴り響き、弾丸がわたしの左腿を撃ち抜きます。悲鳴を上げるのはがまんしましたが、脂汗がどっと吹き出してきました。当たり前ですが、吸血鬼の身体でも痛いものは痛いのです。わたしの挑発は意図的なものでしたし、この手の痛みも予想の範囲ではありましたが。

「立場をわきまえてくれる？」

真面目そうな彼女は白けた様子で言います。

「対等な交渉をしているわけじゃないの。無傷で拉致したからといって、この先も身の安全が保証されてるわけじゃないわ」

「実際こうして撃たれましたしね。勘弁してくださいよ、乙女の柔肌に傷が残ったらどう責任を取るつもり」

ぱんっ。

今度は右腿でした。

続いて右肩、左肩にも一発ずつ。これにはさすがに声が出ました。温かい血液が、あちこちの傷口からしたたり落ち、服に染みを作ります。

「なぜ場所をここにしたかわかる？」

「……必要なら殺して始末する。死体の片付けもしやすいから。ですか？」

「わかってるなら余計な手間を取らせないで」

銃口を突きつけたまま彼女は言い放ちます。

この真面目子ちゃん、真面目そうだけど危ない人ですね。若いながら拉致者のみなさんを統率していることからみても、要注意な人物とみていいです。殺人も厭わないタイプらしいですし、ひとまず従順にいきましょう。

「質問を変えるわ」

真面目子ちゃんが言います。

「単刀直入に聞くけど。あなたって何者？」

「わたしですか」

「他に誰がいるの」

「わたしは綾瀬真ですよ。まさか知らずに誘拐したんですか？」

「嘘ね。存在しないのよそんな人物は」

断言されました。

そう言われましても、現に綾瀬真はここにいるんですが。

「この国の、いいえ世界中のどんな公的データをあさっても、あなたの存在を明らかにする証拠がないのよ。それどころか研究所に証言を求めても、綾瀬泉が暮らしていたはずの宿舎を調べても、あなたのことを誰も知らない、あなたが暮らしていた痕跡すら見つからない」

「でもわたしはあなたの目の前にいます」

「もう一発撃たれたい？」

目を細めて真面目子ちゃんが脅してきます。

「余計な手間をかけるのは好きじゃないの。ねえあなたは誰？　これまでどこで何をしていたの？　何を考えて、どう生きてきたの？　何を企んで、これから何をしようというの？　あなたは我々の敵？　それとも味方になりうる何か？」

矢継ぎ早に質問が飛んできます。わたしは困りました。情報を摑まれるのが早すぎる。もちろんこの程度の事実は調べればわかることですし、彼ら連盟は公権力にも深く根を張っていると聞きます。とはいえわたしの想定とはいささか異なるこの状況……ちょっと目算を外した印象がぬぐえませんね。

「わたしは綾瀬真ですよ」

厳しい視線を送ってくる真面目子ちゃんに、わたしは同じ答えをくり返します。

「本当です。戸籍に登録がないだけでわたしは綾瀬真です。——おっとそれ以上は撃たないでくださいね？　事実をしゃべって痛い目に遭うのはさすがにごめんですから」

「じゃあ本当に綾瀬泉の娘だと、あなたは主張するのね？」

「あ、そこはちょっとちがいます」

「ちがうって何が」

「わたし母の複製(クローン)なんです」

「…………」

真面目子ちゃんは黙りました。

他の拉致者のみなさんの間にも、奇妙な沈黙が流れます。

「やっぱりもう一発撃とうかしら」

真面目子ちゃんが拳銃を押しつけてきます。

「この状況で嘘は言いません」

わたしは首を振ります。

「わたしの発言に嘘があると思うなら根拠を挙げてください。暴力に訴えるのはその後でお願いします」

「…………」

「むしろわたしが綾瀬真『ではない』と疑ったからには、それなりの根拠があったはずです。その根拠はむしろ、わたしが複製であることを否定しないのでは？」

「……綾瀬泉は」

　真面目子ちゃんは眉間を指で揉みほぐします。

「悩んでいますね。わたしも同じ立場だったら悩みます。優秀な人材なのでしょうが、彼女はまだ若い。こんな状況は判断に困るでしょう。真面目そうですし」

「綾瀬泉は本物の天才よ。誰にも及ばない遠い視野で未来を見通す、誰にも理解されないマッドサイエンティスト。何をやってもおかしくないのは百も承知だわ。だけどクローンですって？　そんな馬鹿げた話がある？」

「はい。綾瀬泉ですから」

　わたしは反論します。

「人間の複製は国際法で禁じられていますが、技術的には問題なく可能です。まして綾瀬泉の才能に投資する企業は、二十年も前から掃いて捨てるほどあって、その中には大っぴらにできない研究も含まれていました。加えてあの人は吸血鬼対策の最前線に立つ研究者。まあ自分で言うのもなんですが、何をやらかしてもおかしくないです。い、い、い、い、い、いいいい、あなたたち連盟ならそれこそ百も承知なのでは？」

「…………」

　真面目子ちゃんの眉間にものすごく深い皺ができます。そんなに皺を寄せたら将来的に跡が残ってしまわないかと、他人事ながら心配になります。

「あなた何者なの？」

真面目子ちゃんが再び同じ質問をします。

「どんなデータをあさっても記録のない、綾瀬泉のクローンだとして。そんなもの作ってなんの意味が？　そもそもあなたはあなた、綾瀬泉は綾瀬泉でしょう？　遺伝子的にまったく同じものは作れても、あらゆるパラメーターを同期するなんてできっこない」

「ところがどっこい。この場合はそうとも限りません」

わたしは答えます。

「文字どおりの複製なんですよわたしって。遺伝的に母とまったく同じなのはもちろん、後天的にも限りなく母と近い存在です。あなたは綾瀬泉という人間を過小評価していませんか？　あの人は文字どおり何でもやってのけますよ。他ならぬわたし自身が言うんだから間違いありません。わたしはあの人の娘でもあり、あの人そのものでもありますから」

「ちょっと待って混乱してきたわ。というかやっぱりおかしいわよそんなの。理解も納得もできない」

「わかります。わたしも慣れるまでに時間が掛かりました」

うなずき、わたしは説明を試みます。

「人間のハード面である肉体をコピーするのはともかく、ソフト面である人格をコピーするなんてことは、まったくもって大それた、理屈の上では不可能な試みです。残念ながら現在の技術では無理ですね。だけどわたしは試みました。幸いなことにわたしの研究環境は大変めぐまれていましたから、大抵の実験は許されたんですよ。なぜそのような研究に邁進したのかと問われれば、純粋かつ真摯な学術的探求心と、ちょっとした個人的な欲望ゆえですね。宇宙や深海も研究対象としては魅力的ですが、人の心が持つそれには及びません。心こそがもっとも美しく、もっとも難解で、もっとも魅力的なフロンティアであると考えます。そのフロンティアに挑むには、いかに天才といえどわたしひとりでは非力すぎる。ではどうすればいいか？　極めて単純な理屈です。わたしがたくさんいればいい」

わたしの長台詞を、真面目子ちゃんは黙って聞いています。

「この発想とそれにともなう研究は、未知への探求でありながら実益も兼ねていますので、最高に効率的です。ちなみにわたしの試算によれば、十四歳の時の綾瀬泉と現在の綾瀬真との一致率は９９％を上回っています。１００％じゃなければそれはもう別人だ、と言われればその通りなのですが、この場合は完全に一致する必要はないんです。むしろ異なっている状態が望ましい。その方が可能性が広がります。むしろわたしと完全に一致する人間が何十人いたところで意味がない」

真面目子ちゃんだけではありません。

周りにいる取り巻きの方たちも耳を傾けてくれています。まあ、好意的な雰囲気でないことについては不問としましょう。熱心に講義を聴いてくれる限り、感情の好悪は問うべきじゃありませんよね。

「ちなみにわたしのオリジナルである綾瀬泉は、個としての自分に頓着していませんでした。わたしの存在が確定した時点で、自分はいてもいなくてもいいと思っていましたね。あ、わたしの考えは彼女とちがいますよ？　わたしは綾瀬泉にまだ存在してもらいたい。だってその方がぜったい面白いですから。自分たちの存在を公表して世界をアッと言わせるのもよし、同じ遺伝子を持つ人間同士で仲良く女子会するのもよし、好きな人をふたりで取り合うのもよし――どの未来絵図もわたしにとっては魅力的です。このあたりが個体差というやつでしょう」

ここまで言ってわたしは様子をうかがいました。

真面目子ちゃんは、かんしゃくを起こしたみたいに頭を掻いています。取り巻きの人たちはわたしを取り囲んで武器を突きつけ（自動小銃です。か弱い乙女を相手に！）、まるでライオンか象でも相手にしてるみたいな空気です。

そろそろ頃合い、でしょうか。

「ひとつわからないことがあるわ」

「なんでも訊いてください」

「あなたは生まれつきの吸血鬼だと言っていたわね？　でもそれでいて、あなたは綾瀬泉の複製であるとも言う。これって矛盾(むじゅん)してない？　その理屈でいけば、綾瀬泉も生まれつきの吸血鬼、ってことになるでしょう？」

「むむ？　わたしが生まれつきの吸血鬼であることは、わたしと誠一郎さんだけの秘密のはずですが。盗聴器でも仕掛けられていたのでしょうか」

「質問に答えなさい」

「はい。撃たれたくないので質問に答えます。おっしゃる通り、綾瀬泉は生まれつきの吸血鬼です」

「…………」

真面目子ちゃんは口をつぐみます。

それから絞(しぼ)り出すように、

「うそでしょう？」

「本当です」

「吸血衝動はどうなるの？　綾瀬泉が吸血行為をしていたなんて報告は聞いてないわ。まさか、血液製剤(タブレット)がとっくの昔に実用化されていたとでも？」

「そのあたりはいろいろありまして、説明すると長くなるのですが……まあ簡潔に言うとですね、あなたたち連盟が考えているよりもっとずっと、吸血鬼を取り巻く環境は複雑なんですよ」

わたしは諭(さと)します。

「連盟はこの世界において、もっとも吸血鬼の真相に近づける立場にいると思います。それでもなお『わたしたち』の闇は広くて深い。悪いことは言いません、今は手を引くのをお勧めします。どうせいずれ、嫌でも関わってくることになるでしょうから」

「……いずれ関わるってのは？　どういう意味で？」

「それは秘密です」

「あなた何を企(たくら)んでるの？」

「それも秘密です」

「あの神谷誠一郎って男は何者なの？　あなたも綾瀬泉もどうしてあの男に肩入れするの？あなたが自分で申告している通りの存在なら、今さらあいつに頼る理由が見つからない」

「それは簡単です」

わたしは胸を張って答えます。

「わたしはあの人のことが好きなんです。綾瀬泉も綾瀬真も、神谷誠一郎という人物にとても惹かれています。いろいろと紆余曲折はありましたが、綾瀬泉は彼とくっつきたいと思っていますし、綾瀬真も彼とねんごろになりたいと考えています。ただそれだけなんです。恋はあらゆるものに優先される。生きとし生けるものにとっての大原則です。吸血鬼であってもそれは変わりません」

まったくもってそういうことなのです。

血筋は争えませんよね。というか同一人物だから当然ですよね。

わたしは誠一郎さんが好き。出会ってからほんの短い時間しか経っていませんが、そんなことは関係ないのです。直感は決して嘘をつかない。どんな優れた論文も、どんな美しい数式も、運命という名の暴力にはひれ伏すしかないんです。綾瀬泉が言うんだから間違いありません。

我ながら面倒な女だとは思いますが、誠一郎さんには諦めてもらいましょう。彼ってそういう星の下に生まれているフシがありますし。

「わからない」

真面目子ちゃんが首を振ります。

「あなたおかしいわ。まったく理解できない」

「だと思います。むしろ理解されたら気味が悪いです。わたしみたいな存在は理解できるできないじゃなくて、受け入れられるか受け入れられないか、で判断するのが適切です。どうしますか？　わたしを受け入れてみますか？　そしてわたしは生かしておく価値があると思い直してくれますか？」

「いいえ」

　真面目子ちゃんはさらに首を振ります。

「ここで殺した方がいいわ、あなた。綾瀬泉も殺した方がいい。利用価値はあるけど絶対に扱いきれない。そもそも頭がいかれてるもの」

「失礼な。わたしは頭おかしくありません。人よりちょっと才能があるだけの、どこにでもいる普通の美少女です」

「………」

　おちゃめなわたしの冗談を無視して、真面目子ちゃんは銃を構え直しました。

　わたしは確信します。彼女にはまだ迷いがある。でなければこういうタイプの人はためらいなく発砲しています。無論、迷いはこの際命取りです。

「考えは変わりませんか？」

　わたしは提案します。

「こちらとしてはあなたたちと仲良くやっていきたいんです。こうしてここまで大人しくしていたのは、交渉と取引のためでもあるわけですし」

「交渉と取引？　あなた自分の立場わかってる？」

「まあ……そうですねぇ」

わたしは自分の身体を眺めます。

両腕と両足を撃たれた上に、頑丈な拘束具でがっちり固定されています。普通に考えて、この状態から自由の身になるのは不可能です。とても話を聞いてもらえるような状況ではありませんね。

「では立場を変えましょうか。そろそろ頃合いですし」

「……？」

真面目子ちゃんは怪訝そうな顔をします。

わたしは深呼吸をひとつ。

気息を整え、神経を集中させます。身体の中の、どことは言えないけれど確かに存在するスイッチ。それをポチッと押し込むんです。言葉で説明してもぜんぜん伝わらなくて恐縮ですが、これがいちばん効率のいいわたしのやり方なんです。人間から吸血鬼へと変わるための。

「せーのっ」

かけ声を発します。

真面目子ちゃんは「何が？」とでも言いたげに眉をひそめます。

次の瞬間。彼女の目が大きく見開かれました。『ぼきっ』『ぶちっ』という怖気の走る音が、フロア中に響き渡ったからです。

音を立てているのはわたしでした。

より正確に言うと、わたしの両手と両足が音の発生源でした。

「ちょっ――!?」

まずは右手。それから左手。

ついで右足、左足と、順番に抜いていきます。

抜く、といってもわたしは手品師じゃありませんので、対吸血鬼用の拘束具から解放されるためにはそれなりの対価が必要になります。つまり、わたしの両手と両足はくるぶしから先がぶっつりちぎれ、拘束されていた椅子に残されるわけです。

だいぶ短くなった手足でわたしは立ちました。流血はさほどありません。吸血鬼化の影響ですね。この程度で死んだり行動不能になるようなら、わたしたちの種族はとっくに絶滅していたでしょう。

さて。ここから先はいささか散文的になります。

というのもさすがに彼女たちは手練れでした。危険を察知してすぐさま発砲してきたのです。

当たり前の行動に見えますが、なかなかどうして。圧倒的な優位をひっくり返された人間には必ず隙（すき）ができるもの。その隙をほとんど見せなかったのは称賛に値します。

とはいえ遅すぎました。わたしが立ち上がるまでに行動しないとだめですね。もちろんそうならないようにこちらは呼吸を測っていたわけですが。最初は大人しく撃たれたりして、油断もさせていましたし。

そんなわけで、ここから先は一方的な展開となりました。

わたしは可能な限り効率的に動き、手当たり次第に攻撃対象の行動能力を奪っていきます。

急所に一撃ずつ、的確に——それはパンチであったり、キックであったりするわけですが、なにせくるぶしから先がないわけで、つまり傷口で打撃を与えるわけですので、とても痛いです。

吸血鬼化の影響で感覚がごまかされていますが、わたしは普通に神経が通った生身なんです。

おまけに足の裏の感触もありませんから、バランスを取るのにも気をつけねばなりません。

なので、傍（はた）から見るほどには、わたしに余裕はなかったと思います。

十秒ほども掛かったでしょうか。

その場に六名いた攻撃対象を、わたしはすべて制圧しました。

「さて話の続きをしましょう」

床に這（は）いつくばっている真面目子ちゃんに声を掛けます。リーダー格の彼女には手加減をしました。痛みでろくに動けないでしょうが、それでも口は利（き）けるでしょう。

「立場が逆転したのでここからはわたしの時間です。異論も拒絶も認めません」

「……あなた」

　声を震わせながら真面目子ちゃんがうめきます。

「あなた何なの？　普通の神経じゃない。頭おかしいと思ってたけど想像以上だわ。連盟(わたしたち)が想定してた何者ともちがう。あなたは一体――」

「何者かと問われれば、いずれ誠一郎さんのパートナーになる者、と答えるのですが、そんな話はどうでもよくて。あなた、わたしと取引しませんか？」

「取引ですって？」

「むしろ何だと思ったんです？　こうしてあなたたちを簡単に制圧できるわたしが、大人しくされるがままになっていた理由。そんなの決まってます。あなたたちを試したんですよ。あなたたちが何者で、どんなことを考え、何ができるのか。それを知りたかったんです。……おっと、その前にちょっと失礼」

「？　何を――」

　わたしは、わたしが拘束されていた椅子のところまで戻ります。

　そしておもむろに、ちぎれた右手を口でくわえて引き抜きました。ちょっと映像では見せづらい光景ですね。口元は血だらけで、死体をあさる野良犬みたいです。じつに可愛(かわい)くない。せっかくの美少女が台無しです。

まあでも必要なことなんです、ケガを治すためには。そして彼らに対するデモンストレーションとしても。

「あり得ない……どういうこと？　なにそれ……！」

真面目子ちゃんがうめきます。

傷口と傷口をくっつけてしばらくすると、分離したはずの腕と手がくっついたからです。まるで瞬間接着剤のＴＶコマーシャルみたいですね。まあ実際にはそんな簡単に完治はしませんし、普通の吸血鬼はこんな真似できないのですが。わたしはちょっと例外的な存在なので。

「お待たせしました」

同じようにして残りのパーツもくっつけてから、わたしは立ち上がります。完治には程遠いですが、足首だけで立つよりはましです。

「さて取引の件です。具体的に言いますと、連盟と協力関係を築きたいのです」

「協力関係……？」

「はい。わたしは別に連盟と敵対するつもりがありませんし、わたしのパートナーである誠一郎さんも同じ考えです。であれば手を組むことができるはずですよね？」

「…………」

「ご承知の通り、わたしも母もいろいろ秘密を持っていますので。取引の材料となるカードには事欠きません。母の研究、母の居場所、あるいはわたし自身――どれひとつ取っても計り知れない価値があるはず。人間と吸血鬼が融和していくための道筋なんて、いくらでも探っていけるでしょうね。あるいは逆に、吸血鬼が人間を駆逐する未来もあり得るかも知れませんが」

「…………」

「どうです？　悪い話じゃないでしょう？」

さて反応やいかに。

実際、悪い話じゃないんですよね。公安にせよ、マフィアにせよ、テロ組織にせよ、利用できるものは利用するに限りますし、わたしのことだっていくらでも利用してもらおうじゃありませんか。わたしの目的は誠一郎さんと甘い新婚生活を送ることだけ。せっかく人生で初めて得られた、望みらしい望みなんですもの。叶えるために手段を選ばなくても構いませんよね？

放蕩の母親のことはまあ、放っておいても大丈夫でしょうし。

……あるいはもしかして。

母はこうなるのを見越して、わたしを解き放ったのかもしれませんが。

「悪いけれど」

長い沈黙の後。

真面目子ちゃんはこう答えました。

「取引は不成立よ」

「おや。それまたどうして？」

「服従させる、できなければ殺す。それが連盟の意思だから。わたし個人としても、あなたみたいに危なっかしい何かを生かしておく気になれない。だってあなた、人間でも吸血鬼でもないもの」

「解釈の相違ですね。でも大丈夫、価値観の差は埋められます。わたしと誠一郎さんがこれからそうしていくように」

……妙ですね。

床に這いつくばって脂汗を滴らせているというのに、彼女の態度には余裕があるように見受けられます。何か奥の手でもあるのでしょうか？　回復の時間も与えてしまいましたし、手加減したのは間違っていたかも――

「遅いわ」

どこかに隠し持っていたのでしょう。

真面目子ちゃんは注射器（？）のようなものを腕に突き立てました。

それと同時。戦闘不能になっていたはずの残り五名が起き上がり、四方に散開します。

さらに同時。わたしも飛び退いていました。吸血鬼的な勘が働いたのです。状況はとてもまずい。彼女はとても危険。

間一髪でした。

腕が飛んできました。丸太かと錯覚するような、重くて速い一閃。横殴りにわたしへ一撃を加えてきたのです。背筋に冷や汗が流れます。普通の人間だったら、触れただけで粉みじんになっている一撃でした。

それこそ人間業じゃありません。

つまり彼女も吸血鬼だった？　しかもこれは――

「――――！」

咆哮が上がります。

真面目子ちゃんは目を血走らせ、口からは泡とよだれを吹き、白い歯を砕けんばかりに軋ませ、まるで獣のように成り下がっています。割と美少女だった真面目子ちゃんの変わり果てた姿でした。

と、そうこうしている間もわたしは動いています。散開した五名の戦闘員から銃撃を受けたからです。巧妙な連携と言えるでしょう。広いとはいえ密室空間の倉庫。距離を取って行動を制限するのは、対吸血鬼戦闘の基本です。

それより何より、

「――――！」

真面目子ちゃんが猛然と突進してきます。暴走する戦車みたいなものすごい威圧。

一撃。

二撃。

嵐のような暴力が吹き荒れ、わたしはそれらをどうにか避けていくのですが、そのたびに鉄製のコンテナや、コンクリートの床が、激しい音を立てて破壊されていきます。

これです。真面目子ちゃんの豹変。これがまずい。

『狂血鬼』

と母は呼んでいました。吸血鬼の潜在能力を大幅に引き上げる技術が、すでに実用化されていると。だけど彼女、床を殴ってる手とか大丈夫なんでしょうか？　スペックをどれだけ引き上げたところで、生身の身体には変わりないはずなんですが。

「――――！」

真面目子ちゃんの猛攻は止まりません。

わたしは逃げ回るしかありませんでした。真面目子ちゃんの一撃は、かすっただけでも勝負を決める威力があります。いくら吸血鬼のわたしでも、今の彼女と正面切って張り合う気にはならないですね。まして相手は彼女だけじゃありません。彼女の仲間が四方八方から銃撃してきます。障害物の多い倉庫内だったから助かりましたが、それを考慮しても圧倒的に不利な状況です。

決して無理をしない遠距離射撃。

ひたすら無理を押し通してくる近距離打撃。

どちらか片方だけなら対処のしようもありますが、これは非常に——

着弾。

右腕に銃弾を受けました。わたしは動きを止めません。そうこうしてる間にも狂血鬼と化した真面目子ちゃんの連撃が襲いかかってきます。急所を破壊されない限りは動けますが、ダメージの蓄積は確実にデメリットとなります。そもそもわたしは本調子じゃありません。両手両足は無理やりくっつけたばかりで、回復の度合いはせいぜい本来の五割といったところ。これでは反撃しようにもままならず、かといって逃げようにも包囲網はきっちり狭められてきて

——

着弾。

ああ。

これまずいですね。

今度は背中です。人体において比較的たくさんお肉の付いている部位（といってもわたしは細いですけど！）ですから、これも致命傷にはなりませんが。痛みと流血はいかんともしがたい。着実に力を削がれている感じがありありです。

どうやらしくじりました。頭はいいけど経験値の低い小娘が調子に乗った結果、ということになるかも。うーん、いい作戦だと思ったのになー。一網打尽の一石二鳥、上手くいったら誠一郎さんも喜んでくれると思ったのになー。

あーあ。

やだやだ恋も知らずに死ぬなんて。いえまあ、つい最近知ったばかりなんですけど、もうちょっと楽しんでからにしたかったですね。母の複製に生まれたことについては、それはそれで面白いので不幸とも思いませんけど、おかげさまで人並みの自由な生活を謳歌することは叶わなかったわたしですから。少しは女の子らしい楽しみも経験しておきたかったなあ、というか。

あーあ残念だなあ。

着弾。

足首を撃たれました。痛みには耐えられますが、うっかり足をもつれさせて転んでしまいました。これは致命的です。

殺到してきました。

狂化した真面目子ちゃん。倒れ込んだわたしに一目散。これは避けられません。理性を消した瞳と目が合います。これは詰みました。

わたしはガラにもなくまぶたを伏せます。伏せるというか、痛みと流血で思わず気を失いそうになっている、というのが正しいですが。

あーあ。

こういう時に白馬の王子様が来てくれたらいいのになー。


ずどん！


……発砲音です。でもあれ？　おかしいですね。さっきまでの銃撃とは明らかに違います。今回の発砲は、お腹に響く重い感じがします。つまり別の銃と銃弾です。

さらにほとんど同時。

どさっ、ばたん、ごろんごろん。

そんな音も聞こえてきます。これってたぶん、真面目子ちゃんがすっ飛んで転がった音ですよね？　万事休すのわたしならともかく、一方的に勝利しつつあった彼女がなぜ？

「遅くなってすまん」

声が聞こえました。

「あとは任せろ」

とてもシンプルな指示。落ち着いた、どこか安心する雰囲気。

はい、わかりました。

あとはお任せします。

……と、返事をしたつもりではあるのですが。正直なところ自信はありません。気を緩めた瞬間、わたしはあえなく意識を失っていたからです。

第六話

Sixth episode

結論から言うと、声の主は誠一郎さんでした。

すごいですよね。最高のタイミングで助けに来てくれたわけです。まさに白馬の王子様です。これは惚れてしまうのも無理ないですね。素敵です誠一郎さん。ビバ誠一郎さん。ブラボー誠一郎さん。

「素敵なもんか」

彼は謙遜します。

「もっと早く来るつもりが手間取った。危ない目に遭わせて悪かった」

いえいえ何をおっしゃいます。

結果オーライってやつですよ。おかげでわたしは、ぎりぎりのところで救出されるお姫さまの役をもらえたわけですし。

†

詳細をお伝えしましょう。

といってもわたしは気を失ってしまったので、ここから先は伝聞の話です。

あと一息のところでわたしを仕留め損なった連盟の方々は、誠一郎さんの到着によって機を失ったとみるや、あっという間に撤退したのだとか。まるで躊躇のない、見事な手際と統制です。なにせ、狂化しているはずの真面目子ちゃんも含めてですからね。

「俺が来るのを想定していたフシがある」

とは誠一郎さんの弁。

「不確定要素が横槍を入れたら大人しく退く。最初からそういう手はずになっていたんだろう。口で言うのは簡単だが、実戦で簡単にできる動きじゃない。奴ら、思ったよりできる」

連盟の人たちに聞かせてあげたいですね。誠一郎さんに褒めてもらえるなんて身に余る光栄ですよ。事実、わたしから見てもあの人たちは危険な相手でした。こちらも十分に余裕をもった実力の想定をしていたつもりですが、それをあっさり上回ってくれちゃって、あやうく殺されるところでしたから。

特にあの真面目子ちゃんは、そのうちまた縁がありそうです。あまり敵に回したくないタイプなんですけどね……。

というわけで、わたしを襲った連盟の人たちの行方はいまだ知れず。特定の本拠地を持たない彼らですから、苦情や損害賠償請求の持って行き所もありません。誠一郎さんも一応、優也さんや沙織さんのコネをたどって連盟に探りを入れているようですが……。

「当てにはならんよ。言うまでもないが」

誠一郎さんは肩をすくめます。

「優也と沙織が裏で連盟と繋がってるのは明らかだし、そうでなくとも連盟は簡単に尻尾を掴まれる組織じゃない。牽制になればそれでいい」

優也さんも沙織さんも、状況次第ではわたしたちを売ろうとしていたと思います。ですがわたしと誠一郎さんは独力でピンチを切り抜け、実力を示しました。彼らが手を組むに値する実力を、です。

つまり、あの二人とは今後も協力関係を保つ、ということですか。ささいな感情論より実利を取る。その清濁併せ呑む感じ……とても素敵です。裏切りなんてどうでもいいですもんね、結果として収支がプラスに傾くのであれば。この先もせいぜい、あの二人をうまく利用させてもらうとしましょう。もちろん、あの二人もこちらを利用する気満々でしょうけど。

ところで誠一郎さん。

どうしてわたしの居場所がわかったんです？　連盟の人たちは、追跡者を想定したルート設定でわたしを拉致したように見えました。そう簡単に尾行されるようなヘマをしない人たちだと思いますけど。

あ、わかりました。

いわゆる愛の力ゆえ、というやつですね？

「ちがう」

まあそっけない。

愛の力でなければ何だというんですか。

「言いつけをちゃんと守ったご褒美(ほうび)だよ」

……ん？

何の話でしょう？

首をひねるわたしの胸元を、誠一郎さんは指し示します。

懐中時計。初めてのプレゼント。あの日以来、金色のチェーンでずっと首から提げているものです。肌身離さず持っておけ、と誠一郎さんに言われていた。

なるほどー。

これまた単純な仕掛けです。発信器の類(たぐい)が仕込まれていたわけですか。誠一郎さんとしては保険を掛けておく程度のつもりだったんでしょうけど、その用意周到さが生きた形です。さすがはわたしの恋人。やることにそつがありませんね！

†

……とまあ、ざっとそんな流れです。

わたしにとっては反省の多い、同時に収穫も多い出来事でした。基本的にわたし、スペック自体は高いんですけど、どうしても世間知らずで実戦不足なところはありますので。今後はそのあたりをもっと自覚して立ち回らないといけませんね。真ちゃん、ひとつ賢くなりました。

というわけでそろそろ語り部を交代します。

連盟の魔の手を退け、横丁のバーに戻ってきたわたしたちが何をしたのか。ぜひとも誠一郎さんの口から語ってもらいたいですからね。

では続きをどうぞ！

ニヤニヤ

綾瀬(あやせ)真と出会って二週間が経った。

†

二週間後の今を語る前に、あの夜のことを語らなきゃならない。真が連盟のやつらに拉致され、身体(からだ)中に銃撃を受け、それでもどうにか間一髪(かんいっぱつ)間に合って救出に成功し、横丁のバーに戻ってきた夜のことだ。

「大丈夫ですよ」

彼女はけろりとした顔で言った。

「わたし吸血鬼ですから。ちょっとやそっとでは死にません」

なるほどその通りだろう。

吸血鬼の生命力は常人の比じゃない。四肢(しし)を吹っ飛ばされても生き延びた、なんて話はざらにある。だが彼女はまだほんの子供で、しかも血に飢(う)えて暴走しているわけでも——脳内物質の過剰分泌(かじょうぶんぴつ)による狂化が発動しているわけでもない。

つまりは人間だ。

人間の、ほんの中学生ぐらいの子供だ。

そんな子供が穴だらけになった服を血まみれにして（腕や脚など、複数箇所に銃撃を受けた形跡があった）、無邪気に笑いながら俺の前に立っている。

自分の無能を思い知るには十分すぎる出来事だった。

まったく何てザマだ。罠（わな）と知りつつ偽（にせ）の情報に踊らされ、結果として最悪の事態を招きかけた。こんな有様で一流の猟犬（ハンター）呼ばわりされてるんだからちゃんちゃらおかしい。自己嫌悪のあまり気を失いそうになったと、正直に告白しておく。

俺は多くを訊かなかった。

真と連盟の間で交わされたであろうやりとりも、一度は切断されたと思（おぼ）しき両手足がほとんど快癒（かいゆ）しかけていることについても。何かしら事情があるのは明らかで、今の俺がそれをほじくり出す権利を持っているとは思えない。

「ハードボイルドですね」

彼女は嬉しそうに言った。

「こういう状況で慌てふためいたりしないところ、ポイント高いですよ。訳ありの女を追及しないところも素敵です」

負い目がある？

もちろんだ。むしろ、こんな状況で負い目を感じない男がこの世にいるのだろうか。

俺は彼女を着替えさせ、応急処置を施し、甘いカフェオレを作ってやった。「本当に大丈夫ですよ。心配無用です」と言うので、それにも納得した。「そろそろ寝ましょうか。今夜は誠一郎さんと同じベッドで寝てみたいですね」という申し出も受け入れた。そこまではよかった。

「血を吸ってもいいですか？」

さすがに即答できなかった。

シーツにくるまれて俺の背中にくっつきながら、彼女は言う。

「実を言うと、今のわたしはかなり弱っています。怪我を治すために力のほとんどを使っているからです。吸血鬼の治癒能力についてはよく知られていますが、わたしは普通よりもその力が何倍も強いです。ただし、何の代償もなしというわけにはいきません。たいていの怪我は治せる代わりに消耗も激しいんです。あくまでも等価交換であり、質量保存の法則は厳然として存在します」

さばさばとした声だ。

クールで、何でもかんでも見透かした風で、それでいて茶目っ気のある——そんないつもの声とはちがう。

「生きとし生けるものにとって、血液は特別な意味を持ちます。あらゆる時代のあらゆる宗教でも特別視されてきましたし、ただ単に栄養価の高いサプリメントという以上に重要な意味を持っているんです。吸血鬼にとっては特にそうです。本能を忘れつつある現代人とちがって、わたしたちは直感によってそれを知っています。特効薬でありながら万能薬にもなり得るんです血液というものは」

　言われるまでもない。

　普通の人間でも知っている知識だ。仮に知らなくたって想像はできる。解明に至ってないだけで、吸血鬼は現実に存在する、さしてイレギュラーでもない生き物。その存在はあくまでも論理的に成り立っている。空想や超常の入り込む余地はない。

「ご存じかとは思いますが」

　真は続ける。

「吸血鬼にとっての吸血行為は、栄養の補給である以上に衝動の産物です。壊したい衝動、食べたい衝動、交わりたい衝動――それらが一緒くたになった、シンプルで複雑な欲求です。一見するとグロテスクにも見えますが、余計なものをそぎ落として本質を見定めてみると、吸血行為は人間にとって、ごく普遍的な精神的機微の現れであることがわかると思います。それはすなわち『求愛』です」

　彼女の説明はあれを想起させる。司法が絡む場面で出てくる常套句（じょうとうく）。あなたには黙秘する権利があります、あなたには弁護士を呼ぶ権利があります——現実的には選択肢がひとつしかない状況における、形式的な手続き。

「弱みを盾にとって行為を迫るのは、いささか心苦しくはあるのですが」

真はさらに続ける。

「誠一郎さん。わたしを受け入れてはもらえませんか」

「いいよ」

即答こそできなかった。

だけど答えは決まっていた。

「君を受け入れる。好きにしていい」

「……こんなことを言うのもなんですが」

珍しいことだ。

ほんの一瞬だけでも彼女が絶句するなんて。

「意外でした。もう少し抵抗するものかと」

「そんなに意外か？」

「はい。遠回しに言いはしましたが、わたしが求めているのは性行為に等しいものです。しかも誠一郎さんは狩人（ハンター）で、吸血鬼のことをよく知っています。正直なところ、最終的には無理やり押し倒すのを覚悟していました」

「吸血鬼に血を吸われたからといって、俺まで吸血鬼になるわけじゃないしな」

肩をすくめる。

ベッドの中ではいまいち様にならないが。

「君は血に狂ってもいないし暴走もしていない。今後もそうであるという保証はないが、少なくとも今は正常だ。吸血鬼の迷惑さは結局そこに尽きるんだよ。まともに話が通じる相手ならどうってことはない」

「予告しておきますが、わたしはたくさん隠しごとをしています」

「そりゃそうだろう。俺だって何もかも君に話しているわけじゃないよ」

「ほぼ性行為ですよ？」

「そのものだったらさすがに躊躇う。だけどあくまでそれに準ずる行為だ。青少年保護条例にも引っかからないだろう。たぶんだけどな」

「吸血行為には快楽が伴うのをご存じですよね？　性行為を上回り、ドラッグよりも中毒性があると言われる快楽です」

「なあ真。選択肢が限られている時にじたばたしても無駄だ。いつもの君だったら、迷わずすっぱりやっているだろう？」

「…………」

彼女は黙る。

ややあって恨みがましい声を出す。

「なんだか癪です」

「何が」

「だって、ちょっとかっこいいじゃないですか、今の誠一郎さん。いえ、あなたがかっこいいのは前から知ってましたけど」

「年の功だよ。俺が君ぐらいの歳だったら、もっとじたばたしてた」

「本当にいいんですね？」

「切羽詰まってるんだろ？　早く済ませちまえ。ぐずぐずしてると俺の気が変わるぞ」

「……やっぱり癪です」

いきなり来た。

首筋。がぶりと咬まれる。注射よりもやや強い痛み。

血液が、自分の命そのものが、吸い上げられる感覚。

「――――っ！」

頭を鈍器で殴られたような衝撃。目まい。火花。強烈のひとこと。たちまち俺は、しびれるような、ある種の花が放つ蜜の香りのような陶酔に襲われる。文字どおり襲われる。すなわち蹂躙され、組み伏せられ、支配される。覚悟はしていたがこれは。あまりにも。蜜と言ったが明らかな毒。たちまち濁流に呑まれた木っ端に俺はなる。歯を食いしばり、爪を手のひらに食い込ませて耐え忍ぶ。

性行為と同じ、と真は言った。

そのとおり。これは一方的な営みではない。感覚は共有される。血を吸い、自分の中に相手を取り込む。つまりひとつになる。個体と個体との間にある壁、それが取り払われることによる一体感。日常では決して味わえないある種の超越。

「――！　――ッ！」

彼女も感じているようだった。俺と同じ感覚を。

食いしばった牙の隙間から甘ったるい吐息が漏れる。びくんびくんと小刻みに痙攣する太腿。胴に回された腕がぎゅっと俺を締め付け引き千切ろうとする。背中に押しつけられた薄い胸の鼓動が明らかに速い。もちろん俺の鼓動も速い。深夜。暗い部屋。カビ臭い木造家屋の湿ったにおい。窓の外に月が見える。冬の、冴え冴えとした、煌々たる満月。

長かったはずはない。

だが永遠にも感じられた一時が、終わった。

「はぅ——っ」

ひときわ大きく身体(からだ)を痙攣させ、真はぐったり力を抜いた。行為の果てはいつだって気だるい。見栄を張って耐えてはいるが、俺も限界だった。吸血鬼という生き物をあらためて知る。彼らはたぶん、人間が普通に経験するより何倍も強烈な刺激にさらされて、あえぎ、溺(おぼ)れながら生きている。

「ねえ誠一郎さん」

呼吸を整え終わり、おでこを俺の背中にくっつけて。

クールで、何でもかんでも見透かした風で、それでいて茶目っ気のある声で。綾瀬真はこう言った。

「親子丼の気分はどうですか？」

「…………」

俺は彼女の頭を小突いた。けっこう強めに。

†

こうして俺と彼女は一線を越えた。

予感がなかった、と言えばうそになる。綾瀬泉の娘と同居していればこういうことにもなるだろう。重ねに重ねて言うが、彼女は普通じゃないのだ。まともな感覚で付き合っていたら神経がもたない。

「賢明ですよ」

真は得意げにうなずいた。

「わたしという人間と付き合うにはコツが必要なんです。何せあまりにも個性が強いですからね。こんな女をあつかえるのは世の中広しといえどあなただけ。もっと自分を誇ってもいいんですよ、誠一郎さん」

「言ってろ」

毒づいて、俺はグラスを磨く手に力を入れる。

あの事件以降、周囲に大きな変化はない。連盟は息をひそめ、真の怪我はほどなく完治し、バーの客入りはまずまずで、猟犬の仕事は今も休業中。真が俺にべったりなのは今に始まったことじゃない。

綾瀬泉の行方は依然として知れず、かといって積極的に捜しに出かけることもできない。真の身に何かあれば顔向けできないし、実際に俺は一度しくじりかけている。連盟にこちらの所在がバレているだけに、バーを畳んで姿をくらますことも考えたが、真の反対にあって頓挫した。いわく、俺が四六時中目を離さず真のそばについていれば問題ない、とのこと。癪だが一理ある指摘だった。現状なら優也と沙織の支援も受けられる。下手に池袋を離れるより安全だ。俺が判断を誤りさえしなければ。

「深く考えすぎないことですよ」

見よう見まねでグラスを磨きながら、真はしたり顔をする。

「ルーチンですルーチン。誠一郎さんの大好きなやつです。普段通りにしていればいいじゃないですか、わたし絡みのことは例外にして」

「例外の多すぎるルーチンはルーチンと呼べないだろ」

「大丈夫です。わたしはもうルーチンの一部ですから」

不本意ながら事実だ。

綾瀬真はすでに生活の一部である。いまだ謎の多い彼女だが、それでも俺の人生に潜り込み、まんまと馴染んでみせた。

「ところで誠一郎さん。わたしのタイトスカートですけど、ちゃんと似合ってますか？」

「どうかな。まあいいんじゃないか」

「もうちょっと短い方がよくないですか。男のお客さんにウケると思うんですが」

「そんなことまで気を回さんでいい」

「うーん確かに。あまりわたしに人気が集中してしまうと、誠一郎さんの嫉妬を買ってしまうかもしれませんしね」

「そういう話じゃないよ」

十七時の少し手前。人生横丁の片隅、カウンター六席の小さな店。

俺と真は今、ふたりで開店の準備を進めているところだ。

「四六時中わたしのそばにいて目を離さないようにする。そう言ってくれたのは誠一郎さんですよ」

ああそうだ。間違いない。

「それに沙織さんがわたしの戸籍を偽造してくれました。わたしは今『誠一郎さんの家に居候している童顔な二十歳の乙女』ということになっています。これだったらお店のお手伝いをしても問題ありません」

不本意ながらそれも事実。真の頼みを俺が断り切れなかったのだ。負い目につけ込まれたのである。『わたしをピンチにさらした見返りをください』と言われては首を横に振れなかった。『成人女性ということにしておいた方が、何かと面倒が少ないですよ』という主張にも一理あった。おかげで俺の最後の聖域を侵略させる口実ができてしまった。

細々と経営してきた横丁のバーはもう、ささやかな男の城ではない。

一丁前にブラウスとベストを着込み、女バーテンダー気取りで小鼻を広げている小娘の、社会体験の場に成り下がったと言える。数少ない自慢だった、樫の一枚板から削り出したドアの渋さが、今はどこかもの悲しい。

「表情が暗いですよ、誠一郎さん」

明るい顔で真が言う。

「これからお店を開けようとしているのに、来てくれるお客さんに悪いじゃないですか。人生に癒やしの一杯を求めてくるみなさんに一時のやすらぎをお届けする――それがわたしたちの仕事です」

「生意気言うんじゃないよ。正論だけど」

新米スタッフに迎えられた常連客に、一体どんな説明をすべきか。それを考えると頭が痛い。クリスマスだから天使がやってきたんですよ、とでもごまかしておくか。

そして事はバーの手伝いだけに留まらない。真は将来的に猟犬の仕事も手伝うつもりらしい。悪い冗談だ。そんな危ない目に遭わせられるか。両手両足を撃たれても完治したことはこの際問題じゃない。いくら俺でも最低限の仁義は持っている。だけどまあ、結局は押し切られるんだろうな。何だかんだで自分の主張を通す、それが彼女の一貫したスタイルだから。母親の血は確実に受け継がれている、ってわけだ。

「誠一郎さん。さっきより表情が暗いです。もっとスマイルを意識して」

「うるさいよ。俺は元々こういう接客なの」

まったくもって課題は多い。多いのだが。

頭の片隅でこうも考えている。『不幸でも幸福でもない状態こそが本当の幸福』だなんて俺は嘯(うそぶ)いていたが、あれは間違いだ。なぜなら現状、俺はこんな不幸なのに、妙に生き生きとしている自分を感じているのだから。

もちろん真には言わない。したたかな侵略者は際限なくつけあがる、そのことを俺は嫌というほど知っている。


そうして十七時ちょうど。

計ったように最初の客がドアを開ける。「いらっしゃいませ！」居酒屋みたいに元気のいい声が、宵(よい)の口の横丁に響き渡る。俺は肩をすくめ、面食らう客のためにおしぼりを用意する。

　こうしてわたしと誠一郎さんは一線を越えました。

　ふふ、すべては計画どおり——とまではいきませんが、まあ概（おおむ）ねわたしの望んだ方向に物事が進んでいます。冒頭の公約もまずまず果たせたのではないでしょうか。

　とはいえ問題は山積みです。真のエンディングには程遠い。

　たとえばわたしの母のこと。

　母が考えている本当のこと。

　母が設立した人類救済連盟（Mankind saving union）なるものについても話さなきゃいけないですし、いま現在の連盟で主導的な立場にある神谷三夜（さや）という人物についても触れていませんし。

　まあなんですかね。

　母（あのひと）って頭はいいけど何も考えてないところがあるので。気まぐれだから予測もつかないし、何をするか正直わからないんですよね。あの人のコピーであるわたしが言うんだから間違いないです。わたしも考えなしなところありますから。

　ともあれ。

　誠一郎さんは馬鹿じゃありませんから、いろいろ気付きながらも黙ってくれてる側面があります。そういうところも格好よくて好きなんですが、その優しさに全力で甘えつつ、これからも面白可笑しく生きていきたいと思います。というか、わたしの人生ってようやくここからスタートですので。これまでの不遇をたっぷり取り返していきますとも。わたしは綾瀬泉ですが、同時に綾瀬真でもありますから。

それではご縁があれば、また！

あとがき

鈴木大輔(すずきだいすけ)です。新作『貴方がわたしを好きになる自信はありませんが、わたしが貴方を好きになる自信はあります』、略して『あなわた』の一巻をお届けします。

†

作家になって十二年ほど経ちますが、新作をスタートさせるたびに『これまでやらなかった新しい何かを書きたい』と考えます。事実、毎回新しいことにチャレンジしてきたつもりでいます。

今回もそうなりました。
『吸血鬼と吸血鬼ハンター』
『年の差恋愛』

『二十八歳のバーテンダーが主人公』

『十四歳の女の子がヒロイン』

……すべて、作者の好きな要素ばかりです。

作家生活で学んできたもっとも大事な教訓のひとつは『〝好き〟が爆発した時に何かが起きる』ということでした。

この作品が〝好き〟をありったけ詰め込んだ作品になってるといいな、と思います。

そしてその〝好き〟を、読者のみなさんと一緒に楽しんでいけたら素敵だと思います。

†

以上取り急ぎ。

次巻は二〇一八年三月の刊行を予定しています。またお目に掛かれれば幸いです。

十一月吉日　鈴木大輔

この作品の感想をお寄せください。

あて先　〒101-8050　東京都千代田区一ツ橋2-5-10
集英社　ダッシュエックス文庫編集部　気付
鈴木大輔先生　タイキ先生

ダッシュエックス文庫

貴方がわたしを好きになる自信はありませんが、
わたしが貴方を好きになる自信はあります

鈴木大輔

2017年12月27日　第1刷発行

★定価はカバーに表示してあります

発行者　鈴木晴彦
発行所　株式会社　集英社
〒101−8050　東京都千代田区一ツ橋2−5−10
03(3230)6229(編集)
03(3230)6393(販売／書店専用)　03(3230)6080(読者係)
印刷所　図書印刷株式会社

ISBN978-4-08-631219-6 C0193

大人気不条理ラブストーリー
『文句の付けようがないラブコメ』

堂々完結──

STORY
"千年を生きる神" 神鳴沢セカイは、白髪赤眼の美少女。世間知らずで尊大で、見た目は幼いのに酒と葉巻をたしなみ、一日中お屋敷で本を読んで過ごしている。

彼女の "生贄" として捧げられた高校生・桐島ユウキ。『生贄になる代わりに何でも言うことを聞いてやろう』と言われた彼はこう願い出た──

「神鳴沢セカイさん。俺と結婚してください」。

そして始まるふたりの生活だが──穏やかで他愛のない日々は、やがて世界が抱える恐るべき秘密によって狂い始めていく。

どこまでも純粋な愛の喜劇。

鈴木大輔が贈る、傑作青春小説！

ダッシュエックス文庫

文句の付けようがないラブコメ
鈴木大輔
イラスト／肋兵器

文句の付けようがないラブコメ2
鈴木大輔
イラスト／肋兵器

文句の付けようがないラブコメ3
鈴木大輔
イラスト／肋兵器

文句の付けようがないラブコメ4
鈴木大輔
イラスト／肋兵器

〝千年生きる神〟神鳴沢セカイは幼い見た目の尊大な美少女。出会い頭に桐島ユウキが言い放った求婚宣言から2人の愛の喜劇が始まる。

神鳴沢セカイは死んだ。改変された世界で、ユウキはふたたび世界と歪な愛の喜劇を繰り返す。諦めない限り、何度でも、何度でも――。

今度こそ続くと思われた愛の喜劇にも、決断の刻がやってきた。愛の逃避行を選択した優樹と世界の運命は…？　学園編、後篇開幕。

またしても再構築。今度のユウキは九十九機関の人間として神鳴沢セカイと接することに。大反響〝泣けるラブコメ〟シリーズ第4弾！

ダッシュエックス文庫

文句の付けようがないラブコメ5
鈴木大輔
イラスト／肋兵器

文句の付けようがないラブコメ6
鈴木大輔
イラスト／肋兵器

文句の付けようがないラブコメ7
鈴木大輔
イラスト／肋兵器

異世界でダークエルフ嫁とゆるく営む暗黒大陸開拓記
斧名田（おのなた）マニマニ
イラスト／藤ちょこ

セカイの命は尽きかけ、ゆえに世界も終わろうとしている。運命の分岐点で、ユウキは新婚旅行という奇妙な答えを導き出すが――。

セカイとユウキがひたすらに繰り返す不条理な愛の喜劇（ラブコメ）の発端とは何なのか？　その深淵に迫り真実が明かされた時、二人の選択は…。

堂々完結。不条理を乗り越え、ユウキとセカイはついにトゥルーエンドたる世界に辿り着いた。〝普通〟の幸せを享受する彼らの物語。

引退後のスローライフを希望する元勇者に与えられた領地は暗黒大陸。集まって来る魔物たちと一緒に未開の地を自分好みに大改造！

ダッシュエックス文庫

英雄教室
新木 伸
イラスト／森沢晴行

英雄教室2
新木 伸
イラスト／森沢晴行

英雄教室3
新木 伸
イラスト／森沢晴行

英雄教室4
新木 伸
イラスト／森沢晴行

元勇者が普通の学生になるため、エリート学園に入学!? 訳あり美少女と友達になり、ドラゴンを手懐けて破天荒学園ライフ満喫中!

魔王の娘がブレイドに宣戦布告!? 国王の思いつきで行われた「実践的訓練」で王都が大ピンチに!? 元勇者の日常は大いに規格外!

ブレイドと国王が決闘!? 最強ガーディアンが仲間入りしてついにブレイド敗北か!? 元勇者は破天荒スローライフを今日も満喫中!

ローズウッド学園で生徒会長を決める選挙を開催!? 女子生徒がお色気全開!? トモダチのおかげで、元勇者は毎日ハッピーだ!

ダッシュエックス文庫

英雄教室5
新木 伸
イラスト／森沢晴行

英雄教室6
新木 伸
イラスト／森沢晴行

英雄教室7
新木 伸
イラスト／森沢晴行

英雄教室8
新木 伸
イラスト／森沢晴行

超生物・ブレイドは皆の注目の的！ そんな彼の弱点をアーネストは〝魔法〟だと見抜き!? 楽しすぎる学園ファンタジー、第5弾！

クレアが巨大化!? お色気デートで5歳児ブレイド、覚醒!? 勇者流マッサージで悶絶!? 英雄候補生たちの日常は、やっぱり規格外!!

イェシカの過去が明らかになるとき、王都壊滅の危機が訪れる!? 大切な学園の仲間のため、今日も元勇者ブレイドが立ち上がる…！

王都の地下に眠る厄介なモンスターが復活!? 英雄候補生のアーネストたちは、王都防衛隊と共同作戦につき、討伐に向かったが…？

ダッシュエックス文庫

自重しない元勇者の強くて楽しいニューゲーム2
新木 伸
イラスト／卵の黄身

自重しない元勇者の強くて楽しいニューゲーム3
新木 伸
イラスト／卵の黄身

自重しない元勇者の強くて楽しいニューゲーム4
新木 伸
イラスト／卵の黄身

モンスター娘のお医者さん
折口良乃
イラスト／Zトン

人生2周目を気ままに過ごす元勇者のオリオン。山賊を蹴散らし、旅先で出会った女の子を次々〝俺の女〟に…さらにはお姫様まで!?

突然現れた美女を俺の女に！ その正体は…。大賢者の里帰りに同行し、謎だらけの素性が明らかに!? 絶好調、元勇者の2周目旅!!

今度の舞台は海！ 美人海賊に巨大生物、人魚に嵐…危険がいっぱいの航海でも、出会った女は全部俺のものにしていく！ 第4弾。

ラミアにケンタウロス、マーメイドにフレッシュゴーレムも！ 真面目に診察しているのになぜかエロい!? モン娘専門医の奮闘記！

モンスター娘のお医者さん2

折口良乃
イラスト／Zトン

ハーピーの里に出張診療へ向かったグレン達。飛べないハーピーを看たり、蜘蛛娘に誘惑されたり、巨大モン娘を診察したりと大忙し!?

モンスター娘のお医者さん3

折口良乃
イラスト／Zトン

風邪で倒れた看護師ラミアの口内を診察!? 卑屈な単眼少女が新たに登場のほか、厄介な腫瘍を抱えたドラゴン娘の大手術も決行!!

神域のカンピオーネス
トロイア戦争

丈月 城
イラスト／BUNBUN

神話の世界と繋がり、災厄をもたらす異空間に日本最高峰の陰陽師と最強の〝役立たず〟が立ち向かう。神話を改変するミッション!!

【第5回集英社ライトノベル新人賞特別賞】

終末の魔女ですけどお兄ちゃんに二回も恋をするのはおかしいですか？

妹尾尻尾
イラスト／呉マサヒロ

異形の敵と戦う魔女たちの魔力供給源は、大好きなお兄ちゃん。肉体的接触でしか魔力は回復できなくて…エロティックアクション！